تسييس الخطاب الديني والفكري في أفق خدمة الإسلاموية

منتصر حمادة

اتجاهات الإسلام السياسي (13)
ديسمبر 2022

Order No.: MC-02-01-1458987

ISBN: 978-9948-802-59-4

مركز تريندز للبحوث والاستشارات

يُعـد مركـز ترينـدز للبحـوث والاستشارات مؤسسـة بحثيـة مسـتقلة تأسس عـام 2014، ويهتم باستشـراف المسـتقبل في جوانبـه الاسـتراتيجية والسياسـية والاقتصاديـة، وتتبـع القضايـا العالميـة المختلفـة. كـما يهـدف المركـز إلى تحليـل الفـرص والتحديـات عـلى مختلف الصعد الجيوسياسـية الراهنـة، وما تحمله مـن متغيـرات محتملـة، مـع محاولـة إيجـاد إجابات وتفسـيرات علميـة وموضوعية مـن شـأنها المسـاهمة في التأثـير في اتجاهـات الأحـداث مـع مراعـاة نواحـي التحليـل والنقـد والاستشـراف.

ويقـدم المركـز مـن أجـل تحقيق غاياتـه العلميـة، دراسـات رصـينة ذات أبعـاد استشـرافية مسـتقبلية، ويطرح أفضل البدائل الممكنة لمسـاعدة صنّـاع القـرار في معرفـة التطـورات الإقليميـة والدوليـة بشـكل أعمـق، والاسـتفادة مـما توفـره مـن فـرص. كـما يقـوم المركـز برصـد الاتجاهـات والتغيـيرات الاسـتراتيجية والاقتصاديـة والإقليميـة والدوليـة، بشـكل أعمـق، والاسـتفادة مـما توفـره مـن فـرص، والتنبـؤ بآثارهـا المسـتقبلية، وذلـك وفـق الضوابـط العلميـة المتعـارف عليها دوليـاً لـدى أعـرق مراكـز التفكير والبحـث العلمـي.

المحتويات

ملخص تنفيذي

- لم تكن أحداث 25 يناير عـام 2011 في مـصر ومـا تلاهـا مفاجـأة مـن حيـث التطـورات السياسـية والأمنيـة والمجتمعيـة التـي صاحبتهـا فحسب، وإنما كانت مفاجأة في المجالين الفكري والديني أيضًا.

- كشـفت الأحـداث نفسـها عـن ظواهـر فكريـة ودينيـة عـدة لم تكن متوقعـة مـن قِبَـل المتتبعـين، ومنهـا ظاهـرة تسـييس الخطـاب الدينـي والفكري عند مجموعة من الأسماء الفكرية والدينية.

- لاحظنـا هـذه الظاهـرة مـع مجموعـة مـن الأسمـاء الفكريـة والدينيـة، ومـن أشـهر هـذه الأسمـاء: يوسـف القرضـاوي، والمفكـر التونـسي أبـو يعرب المرزوقي، والمفكر المغربي طه عبد الرحمن.

- في حالـة يوسـف القرضاوي كانت المفاجـأة متمثلـة في انتقالـه مـن مقـام يحظـى فيـه باحـترام شـعوب المنطقـة العربيـة وأنظمتها، إلى مقـام تصفية الحسـابات مـع أنظمة، أو ممارسـة الازدواجيـة في قراءة الأحداث نفسها.

- في حالـة أبي يعـرب المرزوقي، وبالرغـم مـن انفصالـه التنظيمـي عـن الإسلامويـة السياسـية في نسـختها التونسية، فإنـه تـورط في تأييـد الإسلاموية الجهادية في نسختها السورية.

- في حالة طه عبد الرحمن، كانت المفاجأة أن خطابه الإصلاحي - صوفي المرجعية - لم يقف عائقًا لكي ينشر كتابًا يروج فيه آراءً سياسية أيديولوجية، تميز ما يصدر عن الإسلاموية السياسية والجهادية.

- بسبب الثقل الرمزي - الديني والفكري - لهذه الأسماء، لم تتردد الإسلاموية السياسية، وبخاصة الأقلام الإخوانية، في توظيف هذه التحولات في المواقف، إمّا لأغراض أيديولوجية، أو لأغراض سياسية، أو غيرها.

- من نتائج هذه التطورات أن هذه الأسماء أساءت إلى نفسها لأنها تورطت في ترويج خطاب نظري اختزالي، بما قد يُفَسِّر - بشكل أو بآخر - تراجع شعبيتها لدى شعوب المنطقة العربية وأنظمتها.

- لكن الوجه الآخر لهذه التطورات أن تلك المواقف كانت تصب في مصلحة الإسلاموية، وليس في مصلحة مشروع الدولة الوطنية الحديثة، بسبب إصرار الأسماء المعنية على الانقلاب في الخطاب السياسي.

- كشفت هذه التحولات أيضًا عن استفادة بعض دول المنطقة من هذه المواقف، والانتقال من مقام الدفاع عن المصالح المشتركة لدول المنطقة، نحو خدمة مشاريع إحداث فتن وصراعات وأزمات ما تزال قائمة.

مقدمة

ثمـة أحـداث إقليميـة أو دوليـة قـد تكـون سـببًا في إثـارة قضايـا مسـكوت عنهـا، أو لم يسـبق التفكـير فيهـا، كـما قـد تكـون سـببًا في مراجعـات وإعـادة نظـر بخصـوص التعامـل مـع ظواهـر مجتمعيـة أو قضايـا فكريـة، وإن كان الأمـر يتطلـب فـترة زمنيـة معينـة حتـى يطـرق المعنيّ بالأمـر بـاب المراجعـات أو الانخـراط النظـري في الاشتغال البحثي.

وقـد تكـون أحـداث عـام 2011 في المنطقـة العربيـة، وخاصـة مـا جـرى في السـنوات التـي تلتهـا، ضمـن تلـك الأحـداث التـي تدفـع المتتبـع لـكي يعيـد النظـر في قضايـا كانـت غائبـة عـن التنـاول البحثـي والإعلامـي، لا سـيّما أن التطـورات التـي ميـزت تلـك الأحـداث لم تقتصـر عـلى مـا لـه علاقـة بالمجـالات السياسـية والأمنيـة والمجتمعيـة وحسـب، عـلى الأقـل عنـد الـدول المعنيـة بهـا، مـن قبيـل مصر وتونس والمغـرب وسـوريا واليمـن وليبيـا، وإنمـا امتـدت التطـورات نفسـها إلى مجالين يُسـهمان بشـكل كبـير في التأثـير عـلى المـزاج العـام لشـعوب المنطقـة مـن جهـة، وتوجيـه بعـض اهتمامـات دوائـر صناعـة القـرار مـن جهـة ثانيـة، ويتعلـق هـذا الأمـر بالمجالين الديني والفكري بالتحديد.

نقـول هـذا ونحـن نأخـذ بعـين الاعتبـار مكانـة علـماء الدين ورجـالات الفكر في السـاحة العربيـة والإسـلامية، بصـرف النظـر عـن التحـولات التـي شـهدتها هـذه المكانـة طيلـة قـرون مضـت، بـل إنهـا مـا تـزال تتعـرض لتحـولات حتـى في العصـر الراهـن، أيًّا كانـت معالمها. لكـن الشـاهد هنا أن هـذه المكانة تحظى بمقام وازن في مخيـال الـرأي العـام، ومـن ثم فمـن المفـترض أن تكـون مواقـف أهـل الديـن

وأهـل الفكـر مؤثـرة - بشـكل أو بآخـر - في مواقـف المجتمـع تجـاه قـراءة بعـض الأحـداث، أو عـلى الأقـل مـن بـاب الاسـتئناس بهـا في معـرض تبنـي آراء معينـة بخصوص الأحداث نفسها.

تتطـرق هـذه الدراسـة إلى ظاهـرة ميـزت المشـهد الفكـري والدينـي في المنطقـة العربيـة خـلال العقـد الماضـي، وهـي معضلـة تسـييس الخطاب الدينـي والفكـري بطريقـة تخـدم المـشروع الإسـلاموي تحديـدًا، وليـس مـشروع الدولـة الوطنيـة الحديثـة، أو بالأحـرى مـشروع الوحـدة العربيـة، عـلى افتراض أن خطاب الوحـدة العربيـة مـا يـزال هاجسًـا عنـد بعـض صانعـي القـرار في المنطقـة العربيـة، لأن أحـداث ينايـر 2011 ومـا تلاهـا، كشـفت أن مـؤشرات هـذا الخطـاب تراجعـت بشكل كبير، موازاةً مع تراجع المد القومي العربي، وصعود المد الإسلاموي.

لاحظنـا هـذه الظاهـرة مـع الانقـلاب في الـرأي والانتقـال مـن النقيـض إلى النقيـض، عنـد مجموعـة مـن الأسـماء التـي تجمـع بينهـا ثلاثـة قواسـم مشـتركة عـلى الأقل:

- الأول أنها تشتغل في المجال الفكري والديني.

- الثاني أنها حققت تراكمًا في التأليف طيلة عقود مضت.

- والثالـث أنهـا تحظـى بشـعبية كبيرة عنـد نسـبة مـن القـراء والمتتبعين، على الأقل في المنطقة العربية.

كـما تسـلط الدراسـة الضـوء عـلى بعـض النماذج التطبيقيـة ذات الصلـة بهـذه المعضلـة، عـلى اعتبـار أن المعنيِّيـن هنـا، وإلى زمـن قريـب - عـلى الأقل قبـل منعطف ينايـر 2011 - كانـوا أصحـاب سـمعة طيبـة في السـاحة العربيـة والإسلامية، بالإضافـة إلى مـا كانـوا يحظـون بـه مـن احـترام كثـير مـن الفرقـاء السياسـيين

والحزبيين، بما في ذلك معظم صانعي القرار في المنطقة، وليس من قبيل المصادفة أنهم ظفروا مرارًا بجوائز تكريمية من بعض القادة العرب.

وتتأسَّس الدراسة على فرضية نحاول البرهنة عليها، مفادها أن هذا الانقلاب عند هذه الشخصيات الفكرية، في الإدلاء بمواقف سياسية، إنما يكشف عن الوجه الآخر لخطاب الشخصيات نفسها،وهذا الوجه من الخطاب كان مسكوتًا عنه، أو في حالة كمون، قبل اندلاع أحداث عام 2011، لولا أن هذه التطورات أفضت إلى كشف الحجاب عن هذا الوجه، بكل التبعات التي صاحبته لاحقًا، سواء كانت تبعات تتعلق بصورة هذه الشخصيات بشكل خاص، أو كانت تتعلق بصورة المفكر والفاعل الديني في المنطقة بشكل عام، بصرف النظر عن تعدد مقامات المشتغلين في المجالين الفكري والديني.

تأسيسًا على ما سبق، سوف تتفرع الدراسة إلى محور أول يهتم ببعض النتائج التي كشفت عنها أحداث يناير 2011 في الشق الخاص بتفاعل الأسماء الفكرية والدينية، ويليه محور ثانٍ مخصص لعرض بعض النماذج التطبيقية في السياق الذي يتعلق به موضوع الدراسة، ثم محور ثالث مخصص للتحولات في المواقف السياسية للأسماء المعنية في منعطف تلك الأحداث، أو في حقبة تالية لها، يليه محور رابع نتطرق فيه إلى بعض نتائج هذه الانقلابات في المواقف السياسية؛ وأخيرًا، محور خامس نستعرض فيه بعض الاعتراضات المتوقعة على مضامين المحاور السابقة، مرفقة بنتائج الدراسة.

المحور الأول: أحداث عام 2011 ومنعطف التحولات الفكرية

من الصعب إحصاء التحولات السياسية والفكرية والدينية والاجتماعية التي أفرزتها أحداث يناير 2011، والتي يصفها بعضهم بأحداث «الربيع العربي»، وخاصة عند الأقلام الإسلاموية وأقلام «يسار الإخوان»، ضمن تيارات أيديولوجية

معارضـة لأنظمـة المنطقـة. كـما يصفهـا البعـض الآخـر بأحـداث «الفـوضى الخلاقـة»، وخاصـة مـن الذيـن دافعـوا عـن الـدول الوطنيـة ضـد الفـتن والحـروب التـي تسببت فيها تلـك الأحـداث، التـي أفضت أحيانًـا إلى إسـقاط بعـض الأنظمـة في بعـض الـدول العربيـة، أو إلى الإعـلان عـن دول عربيـة فاشـلة أحيانًـا أخـرى. وواضـحٌ أنـه مـع التأمُّـل في سـياق هـذه الصراعـات والفـتن، يصعـب الحديـث عـن «ربيـع عـربي»، بينـما هـو يعصـف بأنظمـة ويهـدد شعوبًـا ويؤسِّـس لنزاعـات مـا يـزال بعضهـا قائمًـا، حتـى بعـد مـرور عقـد عـلى انـدلاع تلـك الأحـداث، عـلى الرغـم مـن تراجـع حدتهـا بشـكل مفصـلي ابتـداءً مـن محطـة 30 يونيـو 2013 في مـصر بدايـةً، ثم في سـائر المنطقة لاحقًا.

كانـت تلـك الأحـداث صادمـة ومفصليـة عـلى أكـثر مـن صعيـد، خصوصًـا أنها لم تكـن متوقعـة عنـد صنـاع القـرار، ولا حتـى عنـد المحللـين والمفكريـن، سـواء حـين يتعلـق الأمـر بما يصـدر عـن مراكـز بحثيـة عربيـة وغربيـة، أو مـا يصـدر عـن بعـض المفكرين والاستراتيجيين، بمـن في ذلـك مـن كان يشـتغل عـلى علـم الاستشراف - أو مـا يُصطلـح عليـه بالمستقبليات - بـصرف النظـر عـن قلـة الدراسـات العربيـة المتخصصة في هذا الحقل العلمي.

وبسـبب الأحـداث نفسـها، سـوف نلاحـظ تحـولات عـدة شـملت بعـض المبـادرات التـي كانـت قائمـة قبـل عـام 2011، لكنهـا انتهـت إلى زوال أو تراجعـت وتيرتهـا لاحقًـا، ومـن بـين الأمثلـة في هـذا السـياق، يكفـي التذكـير بمـآل ظاهرتـين اثنتين على الأقل:

- نجـد في الأولى ظاهـرة «المراجعـات» التـي كانـت تصـدر عـن بعـض الجماعـات الإسـلاموية الجهاديـة، وبخاصـة في السـاحة المصريـة، وبدرجـة أقـل في السـاحتين السـعودية والليبيـة. لكـن الـذي يهمنـا هنـا هـو مـا جـرى في مـصر مـع مراجعـات «جماعـة الجهـاد» و«الجماعـة الإسـلامية

المصريـة»، حيـث تميـزت بصـدور العديـد مـن المؤلفـات المرجعيـة التـي أسّسـت نظريًـا للظاهـرة، مـن قبيـل «نهـر الذكريـات: المراجعـات الفقهيـة للجماعـة الإسلامية»، و«سلسـلة تصحيح المفاهيـم»، وكان مـن أبرزهـا أربعـة كتـب: «مبـادرة إنهـاء العنـف: رؤيـة شرعيـة ونظـرة واقعيـة»، و«حرمـة الغلـو في الديـن وتكفيـر المسـلمين»، و«تسـليط الأضـواء عـلى مـا وقـع في الجهـاد مـن أخطـاء»، و«النصـح والتبييـن في تصحيـح مفاهيـم المحتسـبين». وهنـاك أيضًـا عمـل مرجعـي يحمـل عنـوان: «استراتيجية وتفجيـرات القاعـدة: الأخطـاء والأخطـار»[1]، كل ذلـك ضمـن أعمـال أخـرى. لكـن اتضـح بعـد أحـداث عـام 2011 أن الأسـماء نفسـها التـي انخرطـت في المراجعـات، قـد انقسـمت بخصوص التفاعـل مـع فـورة الحماسـة الإسلامويـة التـي مـرت بها المنطقـة حينها، وخاصـة بـين سـنتيْ 2011 و2013، واتضـح هـذا الانقسـام بـين تيـار بقـي وفيًـا لخيـار المراجعـات، أيًـا كان مصـير أحـداث السـاحة، بمـا فيها سـقوط نظـام الرئيـس المصـري السـابق حسـني مبـارك، وبـين تيـار آخـر مضـاد تراجـع عـن المراجعـات، وهاجـر بعضـه أفـراده إلى الخـارج لاحقًـا، كأنه عـاد إلى مرحلة ما قبل صـدور الأعمال سالفة الذكر.

- ونجـد في الحالـة الثانيـة، مـآل خطـاب الحـوار القومـي - الإسـلامي، وهـذا شعار ملطف للحديـث عـن الحـوار اليسـاري - الإسلاموي، وهـو الحـوار الـذي كان سـائدًا طيلـة عقـود مضـت، مـن خـلال تنظيـم مؤتمـرات إقليميـة ونـشر إصـدارات، كانـت تنـدرج في التأسيـس لحلـف سـياسي استراتيجي، يجمـع المشاريع الأيديولوجيـة المنضويـة تحـت المرجعيتـين اليسـارية والإسلامويـة، إمّـا مـن أجـل مسـاندة أنظمـة

---

1. ويُعَـدُّ هـذا العمـل مـن أهـم إصـدارات سلسـلة المراجعـات. انظـر: كـرم محمـد زهـدي وآخـرون، استراتيجية وتفجيرات القاعدة: الأخطاء والأخطار (الرياض: دار العبيكان للنشر، 2005).

معينـة، أو مـن أجـل إعداد بديـل لأنظمـة أخـرى. ومـع انـدلاع أحـداث 2011، أُعلن عمليًـا عـن أفـول مشـروع الحـوار القومـي الإسـلامي، ومـن مـؤشرات هـذا الأفـول، أننـا لم نعـد نشـهد تنظيـم مؤتمـرات حولـه، بقـدر مـا نشـهد صـدور أعمـال متواضعـة صـادرة عـن أقـلام يسـارية أو إسـلاموية، تحـاول الإجابـة - مـن حيـث لا تـدري - عـن أسـباب فشـل المشروع، كما هو الحال مع بعض الأمثلة[2].

مـا يهمنـا في هـذه الدراسـة هـو أن نتطـرق إلى ظاهـرة كانـت في حالـة الكمـون قبـل تلـك الأحـداث، ومـن ثَـم لم تكـن تخطـر ببـال أحـد، ويتعلـق الأمـر هنـا بحالـة العديـد مـن علمـاء الديـن والمفكريـن الذيـن كانـوا يحظـون باحـترام معظم التيـارات الفكريـة في المنطقـة العربيـة، بـل كان بعضهـم يحظـى حتـى باحـترام بعـض صانعـي القـرار، بالإضافة إلى مـا حققـوه مـن تراكـم في التأليـف، في المجـال الإسـلامي علـى الخصـوص، أو في المجـال الفكـري علـى وجـه العمـوم. ومـن بـاب تحصيـل حاصـل، فقـد كانـوا يحظـون بشـعبية لـدى نسـبة معينـة مـن القـراء والمتابعين في المنطقة العربية.

ومـا نقصـده هنـا هـو انقـلاب هـؤلاء في مواقفهـم السياسـية بعـد أحـداث عـام 2011، مقارنـة بمواقفهـم السياسـية قبـل هـذا المنعطـف، إلى درجـة أنه يصـح وصـف هـذا الأمـر بأنـه انتقـال مـن النقيـض إلى النقيـض، أو كأننـا إزاء ازدواجيـة في الشـخصية ولسـنا إزاء مواقـف متناقضـة أو غـير متوقعـة قـط، صـادرة عـن الاسـم نفسـه، خصوصًـا حـين يتعلـق الأمـر بمجموعـة مـن الأسـماء التـي لم يتوقـع المتتبـع

---

2. مـن بـين الأعمـال النـادرة التـي صـدرت في هـذا السـياق، كتـاب أزمـة العلاقـة بـين الإسـلاميين والعلمانيين بالعالـم العربي: رؤى في نقد الانشقاق للباحـث امحمـد جبرون، (الرباط: دار «طوب بريـس»، 2015). والمؤلـف باحـث قـادم مـن حركـة «التوحيـد والإصـلاح». ونجـد المعطـى نفسـه في الإسـهام البحثـي الخـاص بالنسـخة المغربيـة لأحـداث «الفوضـى الخلاقـة»، والتـي جـاءت في كتـاب جماعـي يحمـل عنـوان الانتفاضـات العربيـة: عقـد مـن النضـالات، تحريـر: مريـم أوراغ وحمـزة حموشـان، وزارة الخارجيـة الهولنديـة، مؤسسـة لوكسـمبورغ سـتيفتانغ، يونيـو 2022، حيث تمت الإحالـة في المراجع على رؤى أيديولوجية من المرجعيتين الإخوانية واليسارية.

للحقلين الفكري والديني أن تصدر عنها مثل هذه المواقف، بخلاف الأمر مع أسماء فكرية ودينية أخرى، يُتوقع منها صدور تلك المواقف السياسية، بحكم مرجعيتها الأيديولوجية، أو بحكم سوابقها في الإدلاء بمواقف نقدية واختزالية ضد بعض أنظمة المنطقة، ومن ثم لا يمكن الاعتراض على مواقفها ما دامت منسجمة مع خطابها النقدي الأيديولوجي والاختزالي.

بتعبير آخر، إذا صدرت مواقف نقدية من مُتَدَيِّن جهادي ضد أنظمة المنطقة بعد أحداث يناير 2011، بما في ذلك تكفيره للأنظمة أو تورطه في اعتداءٍ ما، فإن هذا الأمر لا يبدو شاذًا حين نأخذ بعين الاعتبار المرجعية الأيديولوجية التي ينهل منها، أي مرجعية الإسلاموية في نسختها الجهادية. والأمر نفسه لو صدرت انتقادات أقرب إلى الشيطنة عن مُتَدَيِّن إخواني ضد بعض أنظمة المنطقة، مقابل الإمساك عن شيطنة أنظمة أخرى، أي انخراطه فيما يُشبه الازدواجية بخصوص التعامل مع مواقف دول المنطقة تجاه القضية نفسها، لأن هذا الأمر يبدو منسجمًا مع خطاب الازدواجية الذي يتسم به المشروع الإخواني في العديد من المحطات منذ حقبة التأسيس، ضمن أمثلة أخرى.

ولكن هذا الأمر يختلف كليًا مع أسماء مشهود لها بما يُشبه المرجعية الدينية والفكرية، حتى وإن مرّت سابقًا بمرحلة الانتماء الأيديولوجي - الإسلاموي بالتحديد - لأن انخراط هذه الأسماء في مراجعات فكرية أفضى في بعض الحالات إلى نشرها مواقف نقدية ضد تلك الأيديولوجيات، وابتعادها تنظيميًا على الأقل عن تلك المرجعيات، وخاصة المرجعيات الإسلاموية، وكانت هذه المواقف النقدية سببًا في أن تظفر بتلك الشعبية لدى الجمهور والنقاد. وبالنتيجة، فإن إعلان هذه الأسماء التي تشتغل في حقول علمية عدة، دينية وفكرية واقتصادية وغيرها، إعلانها عن أخذها مسافة من الولاء الأيديولوجي والتنظيمي لمشروع إسلاموي ما، يقتضي بشكل تلقائي أن تكون مواقفها تجاه تلك المشاريع مواقف نقدية صريحة، وليست مواقف مجاملة أو ولاء، بحكم أخذها مسافة منها. لكن

واقـع الحـال مـع الأحـداث سـالفة الذكـر، يؤكـد أنهـا كشـفت عـدم صلاحيـة هـذا النمـوذج التفسـيري، أو علـى الأقـل كشـفت نسـبيّته، إذ إن هنـاك نسـبة معينـة مـن هـذه الأسـماء بقيـت وفيـة لخطابهـا النقـدي، وابتعـدت - أيديولوجيًا وتنظيميًـا - عـن الإسـلاموية، بالرغـم مـن الإغـراءات الماديـة والرمزيـة التـي ظهـرت بعـد أحـداث ينايـر 2011 بخصـوص التحالـف مـع الإسـلاموية، مثلـما لاحظنـا مـع بعـض الأقـلام اليسـارية. ولكـن فـي المقابـل، كشـفت الأحـداث نفسـها أن هنـاك نسـبة مغايـرة مـن هـذه الأسـماء عـادت إلـى ترويـج خطـاب إسـلاموي صريـح، كأنهـا مـا تـزال منتميـة إليـه، أو متحالفـة معـه، أو أنهـا كانـت فـي مرحلـة كمـون فـي مرحلـة سـابقة، وقـد آن الأوان لطـرق بـاب مرحلـة جديـدة، بمـا يتطلـب منـا اسـتعراض بعـض الأمثلـة فـي هـذا السياق.

لـن نتحـدث عـن شـخصيات يتسـم حضورهـا النظـري والتنظيمـي بالمحدوديـة، وهـي متوفـرة فـي المنطقـة العربيـة، وإنمـا سـوف نخـص بالذكـر ثلاثـة أسـماء وازنـة فـي حقليْ الفكـر والديـن، علـى الأقـل طيلـة عقـود مضـت، قبـل ظهـور هـذه التطورات التـي أفضـت إلـى إعـادة نظـر - نسـبية أو كليـة - فـي مواقفهـا.

المحـور الثـاني: فـي التراكـم النظـري لأعـمال يوسـف القرضـاوي وأبـي يعـرب المرزوقـي وطـه عبـد الرحمـن

واضـح أن الظاهـرة التـي نتناولهـا بالتحليـل تخـص العديـد مـن الأسـماء الفكريـة والدينيـة، فـي المنطقـة العربيـة علـى الأقـل، ومـن بـاب عـدم الوقـوع فـي التشـتيت إن عمدنـا إلـى تكثيـر الأمثلـة، فإننـا سـوف نقتصـر علـى ثلاثـة أسـماء، مـن مصـر وتونـس والمغـرب. وليـس مـن قبيـل المصادفـة أن هـذه الـدول كانـت مـن بيـن الـدول التـي عرفـت أحـداث 2011، ومـن ثـم فـإن هـذه الأسـماء التـي نشـتغل عليهـا - باعتبارهـا نمـاذج تطبيقيـة - كانـت معنيـة بالتفاعـل النظـري مـع هـذه الأحـداث، سـواءً جـاء تفاعلهـا فـي أثنـاء انـدلاع تلـك الأحـداث أو جـاء لاحقًـا عليهـا، ولـو بعـد سـنوات، ويتعلـق الأمـر بالأسـماء الآتيـة:

أ ــ يـأتي يوسـف القرضـاوي (تـوفي في 26 سـبتمبر 2022)، في مقدمـة هذه الأسـماء، وهـو القـادم بدايـةً مـن مؤسسـة الأزهـر الشـريف، بـل إنه أزهري مُعَمَّم، والمعـروف سـلفًا عـن مشـايخ الأزهـر العلـم والأخـلاق والمرجعيـة، إضافـة إلى أن الأزهـر يُعَـدُّ مـن بـين المؤسسـات الدينيـة الوازنـة في المنطقـة العربيـة والشـرق الأوسـط، بدليـل أن شـيخ الأزهـر كان ضمـن الضيـوف الذيـن وُجِّهَـتْ إليهـم الدعـوة مـن دولـة الإمـارات العربيـة المتحـدة على هامـش اسـتقبال بابا الفاتيـكان في فبرايـر 2019.

ومـما هـو معروفٌ عـن القرضـاوي مـروره مـن التجربـة الإسـلاموية - في شـقها الإخـواني بالتحديـد - قبـل ابتعـاده عنهـا لاحقًـا، بقصـد التحـرر أكثـر مـن قيـود التنظيـم، والتفكيـر في التأثيـر على جمهـور إسـلامي أوسـع، وقـد جمـع القرضـاوي «بـين التأصيـل والمنهجيـة، وبـين التنظيـر والتطبيـق، بمـا أُوتي مـن علـم تقليـدي ومعرفـة حديثـة، والأهـم مـن ذلـك موسـوعيته ومنهجيتـه النصيـة والواقعيـة في آن معًـا³، بـرأي أحـد متتبعـي أعمالـه. ومـن نتائـج هـذا الابتعـاد عـن المشـروع الإخـواني، وإن لم يكـن نظريًـا بقـدر مـا كان تنظيميًـا، أنه ألـف كتابًـا نقديًـا بعنـوان «الصحـوة الإسلامية بين الجمود والتطرف»⁴.

هـذا التحـرر مـن التنظيـم، والبحـث عـن جمهـور أوسـع، قـد يُفسـر حضـور يوسـف القرضـاوي في لائحـة الكُتَّـاب الذيـن نشـروا في معظم المجـلات الدينيـة في المنطقـة العربيـة، وفي مقدمتهـا المجـلات الصـادرة عـن المؤسسـات الرسـمية، مـن قبيـل «الأزهـر»، و«نـور الإسـلام»، و«منبـر الإسـلام»، و«الدعـوة» في مصـر، و«حضـارة الإسـلام» بدمشـق، و«الوعـي الإسـلامي» و«المجتمـع» و«العربـي» بالكويـت،

3. معتـز الخطيـب، القرضـاوي: فقيـه الصحـوة الإسـلامية، سـيرة فكريـة تحليليـة (بـيروت: مركـز الحضـارة لتنميـة الفكر الإسلامي، 2009)، ص 200.

4. يوسـف القرضـاوي، الصحـوة الإسـلامية بـين الجمـود والتطرف (الدوحـة: رئاسـة المحاكـم الشـرعية والشـؤون الدينية، 1402هـ).

و«الشـهاب» ببـيروت، و«البعـث الإسـلامي» بالهند، و«الدعـوة» بالرياض، و«الدوحة» و«الأمـة» في قطـر، و«المسـلم المعـاصر» في لبنـان.. وغيرها. وهـذا التحـرر يفسـر كذلك حضور القرضاوي في معظم المؤتمرات التي نُظمت طيلة عقود في المنطقة العربيـة حـول الفكـر الإسـلامي أو الدعـوة الإسـلامية، سـواء شـارك فيها بالبحـوث أو بالمناقشات.

هكـذا كانـت سـيرة يوسـف القرضاوي وسُـمعته بشـكل عـام قبـل أحـداث يناير 2011، صحيحٌ أننا لاحظنـا لـه مواقف سياسية عـدة قبيل تلك الأحداث، بما في ذلك المواقـف السياسية التـي كانت تصدر عنـه في برنامج «الشريعة والحيـاة» عـلى فضائيـة «الجزيـرة»، والـذي كان يُبَـثُّ مسـاء كل يـوم أحـد، لكـن ظلت تلـك المواقـف والآراء في حـدود المقبـول أو المتوقـع، ولم تصل قـط إلى ما سـنعاينه مباشرة بعد اندلاع تلك الأحداث.

ب ـــ أمّـا الحالـة الثانية، فتتعلـق بالتونسـي أبي يعـرب المرزوقي (وُلـد عـام 1947)، والـذي يُعَـدُّ مـن رمـوز التأليـف الفلسـفي في تونـس والمنطقـة العربيـة، لأنه درس الفلسـفة العربيـة والإسـلامية. وقـد اشتُهر مـشروع المرزوقـي الفلسـفي عـبر طـرح تصـور مؤسَّـس عـلى الفكـر الإسـلامي في أفقـه الإنسـاني، بمـا يفسر اشتغاله على ترجمـة العديـد مـن النصـوص الفلسـفية الألمانيـة، وخصوصًـا الفلسـفة المثاليـة. كـما يُعَـدُّ المرزوقـي مـن الأسـماء الفكريـة القليلـة في المنطقـة العربيـة التي حظيـت بتوفيـق كبـير في النهـل مـن الـتراث الإسـلامي والـتراث الغـربي، لأن السـائد عمومًـا في التأليـف الفلسـفي، أننـا نجـد أسـماء متخصصة في الـتراث العربي الإسـلامي، وتـترك جانبًـا الإنتـاج الفلسـفي الغـربي، مـن قبيـل أعـمال محمـد عابـد الجابري. أو نجـد اتجاهًـا مضـادًا، يشـتغل عـلى الـتراث الفلسـفي الغـربي، مقابـل تواضـع النهـل والاشـتغال عـلى الـتراث الإسـلامي، مـن قبيـل أعـمال محمـد أركـون، بينما اتخذ مسـار أبي يعـرب المرزوقـي طريقًـا ثالثًـا في التأليـف، ونـادرةٌ هـي الأقلام العربيـة والإسلامية التي تبنت هذا الخيار.

مـما عُـرف عـن المرزوقـي أيضًـا، التأليـف فـي بـاب «فلسـفة الديـن» فـي الفكر الإسـلامي المعاصـر، وهـذا بـاب مـا تـزال الأعمـال العربيـة متواضعـة فـي التأليـف فيـه، ولعـل المفكـر التونـسي فتحـي المسكيني، يُعَـدُّ أحـد أهـم رمـوزه، مثلـما تشـهد لـه بذلـك مجموعـة مـن الأعمـال خـلال السـنوات الأخيـرة. والمقصـود هنـا أن المرزوقـي اشـتغل عـلى القضايـا الدينيـة بمنهج فلسـفي يرصد السـياقات العامـة للدين، وأهـم التحديـات التـي تواجـه الأديـان بشـكل عـام - ومنهـا الإسـلام - مـع فـارق أنـه لا يتنكـر لمعتقداتـه، متجـاوزًا النـماذج المعرفيـة المتداولـة فـي السـاحة الإسـلامية التقليديـة والمعاصرة.

وأخـيرًا، يهمنـا أن نشـير إلى حضـور كبيـر لأعمـال الثنـائي ابـن تيميـة وابـن خلـدون فـي العديـد مـن أعمـال المرزوقـي، بمـا فيهـا إصدارات تحيـل عليهـما فـي العناويـن، قـد يكـون أشـهرها كتابـه الـذي يحمـل عنـوان «إصلاح العقـل فـي الفلسـفة العربيـة: مـن واقعيـة أرسطو وأفلاطـون إلى اسـمية ابـن تيميـة وابـن خلـدون»[5]، وذلـك فـي مقابـل نقـده الثنـائي ابـن رشـد والغـزالي، بمـا يُحيلنـا عـلى أهـم المصادر الفلسـفية التـي نهـل منهـا، إذ إن بعضهـا مصـادر معاصرة وأخـرى تراثيـة، إسـلامية وغربيـة، وبتعبيـره، فقـد درس المرزوقـي عنـد مفكريـن فرنسـيين مـن نوعيّـة ميشـيل فوكـو وبـول ريكـور، كـما نهـل مـن أعمـال الفيلسـوف الألمـاني مارتـن هيدغـر والفيلسـوف النمسـاوي لودفيـغ فيتغنشـتاين، ومـن معظـم فلاسـفة «مدرسـة فرانكفـورت»، إضافة إلى الرموز التراثيـة اليونانية والإسلامية.

ج — نـأتي إلى الحالـة الثالثـة التـي تخص المغـربي طـه عبـد الرحمـن (وُلـد عـام 1944)، والـذي اشـتُهر بالاشـتغال عـلى ثنائيـة الأخلاق والتصوف، حتـى أن كتابـه الـذي اشـتُهر بـه بدايـة وكان أرضيـة معظم إصداراتـه اللاحقـة، أي كتـاب

---

5. أبـو يعـرب المرزوقـى، إصلاح العقـل فـي الفلسفة العربيـة: مـن واقعيـة أرسطو وأفلاطـون إلى اسـمية ابـن تيميـة وابن خلدون (بيروت: مركز دراسات الوحدة العربية، 2013).

«العمـل الدينـي وتجديد العقـل»[6]، كان دعايـة صريحـة للعمل الصـوفي؛ لأن العمل الدينـي في الكتـاب كان يقصـد بـه التصـوف دون سـواه، بدليل أن الإهـداء الـذي تضمنتـه الطبعـة المغربيـة مـن الكتـاب، كان مُوَجَّهًـا إلى شـيخ الطريقـة الصوفيـة التـي كان ينتمـي إليهـا، قبـل انفصالـه عنهـا ابتداءً مـن سـنة 2012، أي بعـد سـنة مـن انـدلاع أحـداث 2011، وتأكـد هـذا الطلاق بعـد رحيل شـيخ الطريقة، حمـزة القادري في 18 يناير 2017.

ومـن كثـرة دعوته إلى الأخـلاق، أصبـح طـه عبد الرحمـن يُلقب عند البعض في السـاحة الثقافيـة - مـن بـاب الاحتفـاء والتكريـم - بأنـه «فيلسـوف الأخـلاق»، وهـي الصفـة التـي كانـت أرضيـة اشـتغال المفكـر الكنـدي مـن أصـل فلسطيني - وائـل حـلاق - على نقـد الحداثة؛ انطلاقًـا مـن النقد الأخلاقـي للحداثة نفسـها عند طـه عبد الرحمـن، كمـا جاء ذلـك في أحـد أعمال حـلاق، وعنوانـه «إصلاح الحداثـة. الأخلاق والإنسان الجديد في فلسفة طه عبدالرحمن»[7].

أمّـا كتبـه الأخـرى التـي اشتُهر بها، مـن قبيـل «روح الديـن»[8]، أو «بـؤس الدهرانية»[9]، فـلا تخرج عـن الخيط الناظم الـذي تضمنه كتابه المرجعي «العمل الدينـي وتجديـد العقـل»، أي خيـط التركيـز على الانتصار للإصلاح الإسلامي مـن منظـور صـوفي - أخلاقـي. صحيحٌ أن كتـاب «روح الديـن» قـد تضمـن مجموعـة مواقـف سياسـية، لكنّهـا ظلـت في حيّـز التنظيـر دون تسـمية أنظمـة أو مؤسسـات،

---

6. طه عبد الرحمن، العمل الديني وتجديد العقل (بيروت ــ الدار البيضاء: المركز الثقافي العربي، 1989).

7. وائـل حـلاق، إصلاح الحداثة، الأخلاق والإنسان الجديد في فلسفة طه عبـد الرحمن، ترجمـة: عمـرو عثمان (بيروت: الشبكة العربية للأبحاث والنشر، 2020).

8. طـه عبـد الرحمن، روح الدين، مـن ضيق العَلمانية إلى سعة الائتمانية (بـيروت ــ الـدار البيضاء: المركز الثقافي العربي، 2012).

9. طه عبد الرحمـن، بؤس الدهرانيـة، في النقـد الائتـماني لفصل الأخـلاق عـن الدين (بيروت ــ الـدار البيضاء: المركز الثقافي العربي، 2014).

مـن قبيـل نقـده للإسلاميـين والعلمانيـين معًـا، ونقـد مفهـوم الحاكميـة عنـد أبي الأعلى المودودي وسيد قطب، أو نقد مفهوم «ولاية الفقيه» عند الشيعة.

أمّـا ثلاثيـة «ديـن الحيـاء» الصـادرة في سنة 2018، فقـد تضمنـت في الكتـاب الأول التعريـف بمشروع علمـي عنوانـه «النظريـة الائتمانيـة»، نسـبة إلى الفقـه الائتـماني [مـن الأمانـة]، بينـما تضمـن الكتـاب الثاني تطبيقـات لهـذا المـشروع الإصلاحـي الصوفي، وتعلـق بموضوع الثورة الرقمية، في حيـن تضمّـن الكتـاب الثالـث تطبيقـات تتعلـق بمسألة الحجاب عنـد المرأة. وهـذه الثلاثيـة بدورهـا لم تخرج عـن الخيـط النـاظم لكتـاب «العمـل الدينـي وتجديـد العقـل»، أي إنهـا تُمعـن في تفصيـل خطـاب إصلاحـي صـوفي صـرف، تنهـل مصـادره مـن مراجـع تراثيـة، بـصرف النظـر عن صمته ورفضه ذكر المصادر التراثية التي ينهل منها.

وإضافـة إلى شـهرة طـه عبـد الرحمـن بالاشـتغال عـلى قضايـا التصـوف والأخـلاق والمنطـق، فقـد حظـي بتكريـم ملـكي في المغـرب وآخـر رئـاسي في تونـس؛ جـاء التكريـم الملـكي خـلال إلقـاء درس في سلسـلة الـدروس الحسـنية الرمضانيـة التي تُلقـى أمـام الملـك محمـد السـادس في 11 نوفمـبر 2003، كـما فـاز بجائـزة محمـد السـادس التكريميـة للفكـر والدراسـات الإسلاميـة لعـام 2014، أمّـا في تونـس، فقـد ألقـى محـاضرة بحضـور الرئـيس التونـسي السـابق المنصـف المرزوقـي في 15 يونيـو 2013.

ولأن طـه عبـد الرحمـن مُصنـف سلفًـا في خانـة الأقـلام الفكريـة الصوفيـة، والمدافعـة عـن التصـوف - خطـابًا وممارسـةً - فإنـه مـن النـادر أن يخـوض في القضايـا السياسـية بشـكل مباشـر، وإن تطـرق إلى بعضهـا بـين الفينـة والأخـرى في بعـض الأعـمال، في سـياقات إقليميـة تطلبـت ذلـك، مثلـما جـرى مـع حـرب 2006 بـين إسرائيـل وحـزب اللـه في لبنـان، أو مـا جـرى بعـد أحـداث 11 سبتمبر في نيويـورك وواشـنطن، عـلى الأقـل حتـى نهايـة 2010؛ لأن التحـول، الـذي يُحيلنـا عـلى موضوع

الدراسـة، سـواء مـع طـه عبـد الرحمـن أو يوسـف القرضـاوي أو أبي يعـرب المرزوقـي، ضمـن أسـماء أخـرى، سـوف يُصبـح واضحًـا وصريحًـا مباشرة بعـد انـدلاع أحـداث يناير 2011، وهذا عَيْنُ ما سنتوقف عنده في المحور الآتي.

المحور الثالث: نماذج تطبيقية في انقلاب المواقف السياسية

في 17 ديسمبر 2010، أقدم شاب تونسي على إحراق نفسه؛ اعتراضًا على بطالتـه ومصـادرة عربتـه التـي كان يبيـع عليهـا بضاعتـه، ثـم قيـام شرطيـة بصفعـه أمـام المـلأ، مـما أدى في اليـوم التـالي إلى انـدلاع شرارة المظاهـرات وخروج آلاف التونسـيين، فكانـت بدايـة أحـداث الفوضى في العديد مـن دول المنطقة، وبالتحديد في تونس ومصر وليبيا واليمن وسوريا، وبدرجة أقل في المغرب والبحرين.

وقد أفضت هـذه التطورات إلى رحيـل الرئيـس التونسـي زيـن العابديـن بـن عـلي، ومحاكمـة الرئيـس المـصري السـابق محمـد حسـني مبـارك، ومقتـل العقيـد الليبي السابق معمر القذافي.

لم يقتـصر التفاعـل مـع هـذه الأحـداث العاصفـة عـلى المجـالات السياسيـة والأمنيـة وحسـب، وإنمـا امتـد إلى صـدور مواقـف عـن المشتغلين في هذيـن المجالين: الفكـري والدينـي، ولكن الجديـد في هـذه التفاعـلات أنهـا لم تكـن لأسـماء لديهـا حسـابات سياسيـة وأيديولوجيـة مـع بعـض أنظمـة المنطقـة، لأن مواقفهـا متوقعـة سـلفًا، وإنمـا كانـت المفاجـأة أنهـا صـدرت حينهـا - أو في مرحلـة سـابقة - عـن أسـماء لم يكـن يُعْـرَف عنهـا إجمـالًا التـورط في شيطنة أنظمـة سياسيـة أو حكـام أو دول. وأيًـا مـا كان الأمـر فإن هـذا مـا جـرى مـع النماذج الثلاثـة التـي نشـتغل عليهـا في هذه الدراسة، وبيان ذلك كالتالي:

1 ــ نبـدأ بنمـوذج يوسـف القرضـاوي، والـذي كشـف عـن وجـه آخـر مغاير للوجـه الدينـي الـذي كان معروفًـا عنـه في مرحلـة سـابقة، حتى أنـه كان يوصف

بأحـد رمـوز الوسطية في المنطقـة، ومـن ثم فإن مـن يوصف بهذا اللقب لا يُتوقع منـه أن يُـدلي بمواقـف دينيـة متطرفـة أو استئصالية ضـد نظام أو دولـة أو حاكم عـربي، وسـوف نتوقـف عنـد مواقف القرضاوي مـن شخصيتين: الأولى دينيـة والثانية سياسية.

أ ــ في الحالة الأولى، وفي سـياق التحـول في رسـائل وإشـارات برنامج «الشريعة والحيـاة» عـلى فضائيـة «الجزيـرة»، وبعـد أن كان البرنامج في مرحلـة سـابقة مخصصًا للوعـظ والدعـوة والإرشـاد، عـلى غـرار السـائد في خطـاب معظم المؤسسـات الدينيـة في المنطقـة العربيـة، أصبـح خـلال تلـك الأحداث يُمَـرِّر مواقف سياسية باسم الديـن أو باسـم الإفتـاء، مـع أن لـكل دولـة مـن دول المنطقة مؤسسـات معنية أو مكلفة بالإفتـاء، ولا تتدخـل مؤسسـة تابعـة لدولـة معينـة في قضايا دولة أخـرى، مـن قبيل عـدم تدخـل مؤسسـة الأزهـر الشـريف في قضايا موريتانيا، أو عـدم تدخل مؤسسـة الزيتونـة في قضايا اليمـن، إلى غـير ذلـك مـن الأمثلـة، لكن الأمـر بعد ديسـمبر 2010 أصبـح مغايـرًا في هـذا البرنامج، والدليـل عـلى ذلـك توظيـف الفضائيـة المذكـورة لخطـاب يوسـف القرضـاوي في سـياق تمريـر هـذه المواقـف السياسـية المغلفـة بالدين.

ففي معـرض التفاعـل مـع أحـداث سـوريا، وتقييـم مواقـف الشـيخ محمـد سـعيد رمضـان البوطـي، الـذي كان ضـد خطـاب الفتنـة والحـروب حقنًـا للدمـاء، اعتـبر يوسـف القرضـاوي أن البوطـي «مـن بقايـا العلمـاء وفقـد هويتـه وعقلـه»، وعندمـا سـأله مقدم البرنامج بخصوص موقفـه مـن اسـتهداف مـن يسـاند النظـام السـوري، كان ردّ القرضـاوي مبـاشرًا وصريحًـا، جـاء فيـه بالحـرف أن «مـن يكـون مـع النظام: عسكريين .. مدنيين .. علماء جهلاء، يجب أن نقاتلهم جميعًا»[10].

---

10. انظـر: فتـوى القرضاوي التـي قتلت الشـيخ محمـد سـعيد رمضـان البوطـي، موقع «يوتيـوب»، 24 مـارس 2013،
https://www.youtube.com/watch?v=Wxy7IM9MV4g&t=6s

ب ــ تكـرّر الأمـر نفسـه في الحالـة الثانيـة، والتـي تتعلـق بمواقـف القرضـاوي مـن العقيـد الليبـي معمـر القـذافي، إذ أدلى بمواقـف دينيـة وصفتها المواقـع الإسلاميـة حينها بالفتـوى، مـع أن هـذا الـرأي لا يتعلـق إلّا بالقرضـاوي ومـن معـه مـن مشـاريع ومؤسسـات، ولا يخـص دول المنطقـة غيـر المعنيـة قـط بهـذه الآراء. لكـن الأمـر هنا كان مغايـرًا بالنظـر إلى تأثيـر البرنامـج عـلى مخيـال شـعوب المنطقـة، في حقبـة تميزت بتـورط الفضائيـة المذكـورة في مهـام كانـت مغيبـة عنـد معظـم المتتبعيـن، ولم تتضـح طبيعة تلك الأدوار إلّا بعد اندلاع تلك الأحداث.

تضمــن الموقـف الدينـي للقرضـاوي «إهـدار دم الطاغيـة الليبـي معمـر القـذافي الـذي طغـى وتجبر عـلى قومـه»، داعيًا «ضبـاط وجنـود الجيش الليبـي ألّا يسـمعوا لأوامـره»، واصفًـا إيـاه بـ «المجنـون والملعون»، بحسـب مـا أدلى بـه في تصريـح للفضائيـة نفسـها مسـاء 21 فبرايـر 2011، حيـن خاطـب الجيـش الليبـي قائلًا: «أدعـو الجيـش ألّا يسـمعوا أوامـر القـذافي بقتـل وقصـف شـعبهم، وأوصيكـم بقتلـه، كل مـن اسـتطاع منكـم أن يقتلـه فليفعـل. ومـن يتمكـن مـن ضربـه بالنـار فليفعـل ليريح الناس من هذا الرجل المجنون»[11].

تكررت مواقـف القرضـاوي، والتـي كانـت تواكبها حمـلات دعايـة إسـلاموية في المنطقـة، في أوج حقبـة تميـزت بصعـود الخطـاب الإسـلاموي، الدعـوي والسـياسي والجهـادي، وليـس مـن قبيـل المصادفـة أننـا سنشـهد احتضـان تونس بعـد هـذه الأحداث تنظيـم مؤتمـرات سـنوية لـ «حـزب التحريـر» الـذي يدعـو إلى «إقامـة دولـة الخلافـة»، أو صعـود أسـهم الحـركات الإسـلامية الجهاديـة في العديـد مـن دول المنطقـة، بمـا في ذلـك بعـض دول جنـوب الصحـراء، وانخراطهـا في هـدم الأضرحـة والزوايـا، أو فـوز أحـزاب إسـلاموية في انتخابـات رئاسـية وتشـريعية عـدة، مـن قبيـل ما جرى في مصر وتونس والمغرب، ضمن أمثلة أخرى.

---

11. القرضـاوي يفتـي بقتـل القـذافي «الملعـون»، موقـع «القرضـاوي. نـت»، 22 فبرايـر 2011، -https://www.al
qaradawi.net/node/1399

كانـت الصفـة التـي تـروج كلـما ذكـر اسـم القرضـاوي في حمـلات الدعايـة الإسلامويـة بأنـه «علّامـة» ورئيـس «الاتحـاد العالمـي لعلـماء المسـلمين»، والحـال أن لقـب العلامـة يُطلـق عـلى علـماء يدافعـون عـن الوحـدة الوطنيـة، ويقفـون ضـد تقسـيم دول المنطقـة إلى دويـلات، وبالأحـرى ضـد إسـقاط الأنظمـة والإفتـاء بإهـدار دمـاء المسـؤولين والحـكام، وهـو مـا لا ينطبـق عـلى القرضـاوي في ظـل مواقفـه المتشـددة التـي سـبقت الإشـارة إليهـا. ولكـن الـذي يتطلـب التدقيـق أكـثر، هـو المقصـود بالحديـث عـمَّا يُطلـق عليـه «اتحـاد عالمـي لعلـماء المسـلمين». والحـال أن هـذا اللقـب - أي رئيـس هـذا الاتحـاد - وبسـبب تأثير الدعايـة الإسـلاموية المكثفـة، فإنـه لم يتـم الاعتراض بـما يكفـي عـلى حقيقـة هـذا الاتحـاد وطبيعتـه، وكان ينبغـي عـلى الأقـل طـرح مجموعـة مـن الأسـئلة المسـكوت عنهـا في الدعايـة الإسـلاموية؛ لأنـه ليـس مـن مصلحـة هـذه المشـاريع طـرح هـذه الأسـئلة، ومـن ثـم تقديـم أجوبـة شافية ومقنعة. من بين تلك الأسئلة نذكر:

- مـاذا يمثـل هـذا الاتحـاد بالضبـط؟ هـل يمثـل مجمـل دول العـالم الإسـلامي، في محـور طنجـة - جاكارتـا مثـلًا، بـما في ذلـك دول المـشرق العربي والخليج العربي؟

- مـن خَـوّل هـذا الاتحـاد الحديـث باسـم «علـماء المسـلمين»، بينـما للـدول الإسـلامية مؤسسـات دينيـة تمثـل الـدول المعنيـة، سـواء في المنطقة العربية أو في العالم الإسلامي.

- مـن لـه الحـق في إصـدار الفتـوى عـن مؤسسـة دينيـة إقليميـة لا تحظى باعـتراف معظـم دول المنطقـة؟ وكيـف يـروج الاتحـاد هـذا الـرأي الخـاص بـه بدايـةً ونهايـةً، عـلى أسـاس أنـه «فتـوى» تخـص الشـعب الليبـي، ومـن بـاب أولى سـائر المواقـف السياسـية للداعيـة نفسـه تجـاه أحداث أخرى في المنطقة؟

- مــاذا عــن المســؤوليات الجنائيــة والأخلاقيــة والسياسية المصاحبــة لإصدار مثل هذه الآراء الدينية/ السياسية باعتبارها «فتاوى»؟

هذا غيض مـن فيـض مجموعـة مـن الأسـئلة التـي لم تظفـر بمتابعـة نوعيـة في السـاحة الإعلاميـة، وبخاصـة في حقبـة انـدلاع تلـك الأحـداث، وهـو الأمـر الـذي كان يصب في مصلحـة الجماعـات والأحـزاب الإسلاموية. ليـس هـذا وحسـب، بـل إن بعـض هـذه الأسـئلة مـا تـزال غائبـة عـن التنـاول الإعلامـي والبحثـي اليـوم، حتـى بعـد مـرور عقـد علـى أحـداث 2011. ولـو اشـتغلت عليهـا مجموعـة مـن الأقـلام، لكانـت نسـبة توعيـة الـرأي العـام في المنطقـة أكبـر مقارنـة بالسـائد، وذلـك علـى الأقـل بتوعيـة هـذا الـرأي العـام بـأن «الاتحـاد العالمي لعلماء المسلمين» مؤسسـة دينيـة تابعـة سياسـيًا وأيديولوجيًا واسـتراتيجيًا للمحـور القطـري - التركي، وأن فروعـه في المنطقـة العربيـة، تمثلهـا جماعـات وأسـماء إسلاموية حصـرًا، ولا تمثلهـا قـط أسـماء دينيـة تشـتغل في المؤسسـات الدينيـة المدافعـة عـن الدولة الوطنيـة الحديثـة، وواضح أن هـذه الخلاصـات والمعطيـات كانـت مغيبـة كليًـا، أو لم تكـن أصلًا في الحُسـبان، أثناء الحديث عن مؤسسة أيديولوجية إسلاموية المرجعية.

هـذه الآراء السياسية التـي أشرنـا إليـه، والتـي صـدرت علـى شـكل تصريحـات عابـرة، أدلى بهـا يوسـف القرضـاوي إلى الفضائيـة التـي يظهـر فيهـا، هـذه الآراء لم تكـن مجـرد تصريحـات وانتهت، وإنمـا وصـل الأمـر إلى الخـوض مـرارًا في الملـف نفسـه، كأننـا في حملـة دعايـة إسلاموية، تنـدرج بدورهـا في سـياق ترتيبـات إقليميـة، موزعـة علـى محـاور عـدة، سياسـية وإعلاميـة واقتصاديـة وأمنيـة، إضافـة إلى المحـور الدينـي الـذي تكفلـت بـه الأقـلام الإسلاموية التـي كانـت تشـتغل علـى تـولي كرسـي الرئاسـة في بعـض الـدول، أو علـى الأقـل المشـاركة في إدارة أمـور الحكـم مـع حالـة دول أخـرى، ولم يكـن القرضـاوي سـوى أحـد رمـوز هـذا المحـور الدينـي، تحـت صفـة رئاسـة مؤسسة لا تمثل إلَّا نفسها، تُسمى «الاتحاد العالمي لعلماء المسلمين».

وحتـى بعـد إغـلاق قـوس تلـك الأحـداث، فـإن مَنْ يتأمـل مضامـين الموقـع الإلكـتروني الرسـمي للقرضـاوي، سـيلاحظ أن الموقـع مـا يـزال يحتفـظ بتلـك الآراء السياسـية المغلفـة باسـم الديـن، تحـت مُسـمى الفتـوى، كأنـه لا يوجـد مراجعـات قائمـة، ولا إعـادة نظـر في التبعـات السياسـية والأمنيـة الخطيرة لتلـك المواقـف عـلى أحداث الساحة، وهذه عينة من بعض العناوين التي يتضمنها الموقع:

- «القرضـاوي: القـذافي انتهـى»، وتضمنـت المـادة الآراء نفسـها، مـن قبيـل دعـوة «القرضـاوي أبنـاء عمـر المختـار وقبائـل ليبيا وقـادة الجيـش أن ينضمـوا للثائريـن، مثلـما فعـل قـادة الجيشـين التونـسي والمـصري، وذلك حتى يعيدوا ليبيا إلى حقيقتها العربية والإسلامية»[12].

- «القرضـاوي: سـقوط القـذافي يـوم مـن أيـام اللـه»، إذ اعتـبر يوسف القرضـاوي الـذي كان يُصَنَّـف سـابقًا ضمـن رمـوز «الوسـطية» و«الاعتـدال» أن «يـوم سـقوط الطاغيـة معمـر القـذافي يـوم مـن أيـام اللـه»، مشـيرًا إلى «يقينـه بسـقوط كل الطغـاة»[13] كـما جـاء في خطبـة الجمعة من مسجد عمر بن الخطاب بالدوحة.

- «القرضـاوي يحيـي ويثمـن دور قطر في ليبيا»، منوهًا في خطبـة جمعة أخـرى بـ «دور قـوة الواجـب القطريـة في تحريـر الشـعب الليبـي الشـقيق مـن ميليشـيات القـذافي»، وقـال: «حيّـا اللـه قطـر أمـيرًا وحكومـةً وجيشًـا وشـعبًا، فقـد مـدّت يدهـا لإغاثـة الشـعب الليبـي، وقامـت بواجبهـا الإنسـاني والوطنـي والعـروبي لنـصرة الشـعب الباسـل

12. القرضـاوي: القـذافي انتهـى، موقـع «القرضـاوي. نـت»، 21 فبرايـر 2011، /https://www.al-qaradawi.net/ node/1400

13. القرضـاوي: سـقوط القـذافي يـوم مـن أيـام اللـه، موقـع «القرضـاوي. نـت»، 21 أكتوبـر 2011 https://www.al-qaradawi.net/node/1331

حتى نجحت ثورته المجيدة»[14].

- بعـد الانخـراط الكلي في هـذه الحملـة، والتـي انتهت بمقتل العقيـد معمـر القـذافي وإسـقاط النظـام الليبـي، وفتـح المجـال السياسي الليبي لمختلـف المشـاريع الإسلاموية، سيدلي القرضـاوي نفسـه بـرأي يتعلـق بمرحلـة مـا بعد مقتـل القذافي، عنوانهـا «دعـوة الليبيين إلى التسـامح»، والجديد هـذه المـرة أن خطبـة الجمعة لم تكن بأحـد مساجد العاصمة القطريـة الدوحـة، وإنمـا في مسجد بـاب أجياد بمدينة بنغازي، ونقلتها وسـائل الإعلام الليبيـة، إذ طلـب يومـذاك مـن الشعب الليبـي والثوار في كل مـكان «أن يكونـوا صفًّا واحـدًا خـلال هـذه المرحلـة الحساسـة مـن تاريـخ ليبيـا، بعـد انتصارهـم التاريخـي الـذي حققـوه في القضـاء على معمر القذافي وأعوانه»[15].

2 ـــ بخصوص حالـة أبي يعرب المرزوقي، فإنـه يمكـن التوقـف عنـد محطتين في هذا السياق، لا علاقة لهما قط بالمرزوقي في حقبة ما قبل ديسمبر 2010:

- جـاءت المحطـة الأولى مـن خـلال انخراطه في العمل السياسي والحزبي، بعـد ترشـحه باسـم حـزب «النهضـة» الإخـواني في الاستحقاقات الانتخابيـة، رغـم أن المرزوقـي كان بعيـدًا عـن الـولاء التنظيمـي، وفي اتجاه مغايـر لمـا كنا نلاحظه مِـن قَبْلُ مـع أسـماء فكرية عـدة، كانت منتميـة إلى أحـزاب سياسـية. لكـن هاجـس التفـرغ للبحـث والتأليـف عنـد هـذه الأسـماء، ضمـن دوافـع أخـرى، بمـا فيها الدوافع السياسية،

---

14. القرضـاوي يحيـي ويثمـن دور قطـر في ليبيـا، موقع «القرضـاوي. نـت»، 25 مايـو 2012، -https://www.al
qaradawi.net/node/1152

15. القرضـاوي يدعـو الليبيين إلى التسـامح، موقـع «القرضـاوي. نـت»، 9 ديسـمبر 2011، https://www.al-qaradawi.
net/node/1283

جعلهــا تُطلّــق التنظيــم، مــن قبيــل مــا لاحظنـاه مـع الثنـائي محمـد عابـد الجابـري وعبدالله العـروي في الساحة المغربية، لأنهـما كانـا عضويـن في حـزب «الاتحـاد الاشـتراكي للقـوات الشـعبية»، قبـل تقديـم استقالتهما منه. هـذا عكـس مـا جـرى مـع أبي يعـرب المرزوقـي، إذ انخـرط في العمـل الحـزبي، لكنـه لم يذهـب بعيـدًا في هـذا المضـمار، إلى أن أعلـن عـن اسـتقالته لاحقًا[16]، مـع نشـره نصائـح[17] أو انتقـادات ضـد حـزب «النهضـة»، مـن قبيـل أن «النهضـة تُكـرس عمليـة غـزو يـرد فسـادًا سـابقًا بفسـاد مـن جنسـه؛ فتحـول الحكـم إلى توزيـع مغانـم في الحكومـة وأجهزتهـا والإدارات وتوابعهـا، وتوزيعهـا عـلى الأقربـاء والأصحـاب والأحبـاب دون اعتبـار لمبـدأ الرجـل المناسـب في المـكان المناسب»[18].

-    وجـاءت المحطـة الثانيـة مـن خـلال تفاعـل المرزوقـي مـع الإسلامويـة الجهاديـة، والحديـث عـن موقـف صـدر عنـه بخصـوص أداء مشـروع الجماعـات الإسلاميـة الجهاديـة في الساحـة السـورية، في أوج أحـداث الحـرب الأهليـة، إذ لم يقتصـر الأمـر عـلى انخراطـه في العمـل الإسلاموي

---

16. اسـتقالة أبـو يعـرب المرزوقـي مـن كتلـة حركـة النهضة وانضـمام وردة التـركي للكتلـة، موقـع «بـاب. نت»، 6 مارس 2013، https://www.babnet.net/rttdetail-61417.asp

17. مـما جـاء في رسالة نصح وجهها أبـو يعـرب المرزوقـي إلى قـادة حـزب «النهضـة» الإخـواني: «لا أحـد مـن قيادات النهضة يجهـل أنني لسـت منتسـبًا إلى حزبهـم فضـلًا عـن أي حـزب آخـر. وكلهـم يعلمون أنني كنـت ولا زلت دائمًا ناصحًا لهـم. ولسـت أشـك في أنهـم قـد وقفـوا عـلى صحـة أحكامـي عـلى الوضـع، وخاصـة عـلى مـا اضطـروا إليـه لمـا لم يبـق عفـوًا عند المقـدرة وصـار خضوعًا للأمـر الواقـع. فـما كان يمكـن أن يحقـق أفضل النتائـج أصبح اليـوم طريـق التوريـط في كل مـا يُفقـد حركـة إسلاميـة البعـد الخلقـي الأسـاسي لمرجعيتهـا ولدعواهـا القـرب مـن الشـعب ومـن أهـداف الثـورة. لذلـك فإني أتوجـه إليهـم بآخـر نصيحـة علهـا تفيدهـم في مقبـل الأيـام، وقـد ابتعـدت طيلة السـنتين الماضيتيـن إلّا لمامًـا لأني رأيـت أن الصيحـات في الـوادي لا تجـدي نفعًـا». أبـو يعرب المرزوقـي، كلمة أخيرة إلى قيادات النهضة، مدونة أبو يعرب المرزوقي: https://bit.ly/3TORMLd

18. انظـر: أبـو يعـرب المرزوقـي يفتـح النـار عـلى حركـة النهضة ويسـتقيل: الحكـم زمـن الترويـكا تحـوّل إلى توزيع مغانم على الأقارب والأصحاب»، موقع «الشروق»، 7 مارس 2013، https://bit.ly/3AWtVAx

الإخواني قبل تقديم الاستقالة، وإنما وصل إلى التعبير عن موقف صريح قال فيه حرفيًا: «فهمتُ شعاريْ الثورة، وبهما أعلل ضرورة الجهاد، وأفخر بوجود شباب تونسي يجاهد في كل أصقاع الدنيا من أجل ما يؤمن به من قيم الكرامة والحرية. ولو كنت شابًا لكنت منهم. وعلى كل فأنا أجاهد بما يناسب سني. ولن أقبل السكوت أمام النذالات التي أراها تنصب على رؤوس أبطال المستقبل الذين سيعيدون للأمة مجدها، ليس بالجهاد المباشر فحسب، بل وكذلك بالاجتهاد العلمي الطبيعي والإنساني الشارطين لتحقيق شروط الكرامة والحرية»، مضيفًا أيضًا: «إنني أخجل ممن يعتبر ذلك جرمًا، حتى إني أتساءل أحيانًا: ما الذي دهى هؤلاء الذين يساندون بشاعات ما يحدث في سوريا، ويعتبرون من ينصر المستضعفين فيها مجرمين؟ ماذا تراهم فاعلين بالشعب التونسي لو كانت لهم قوة بشار ومن معه من قوى الشر في العالم؟ هل كانوا يذبحوننا لأننا لا نفكر مثلهم؟ إن من يسمع كلام هؤلاء المتباكين على شباب تونس الذين ذهبوا لنصرة ثوار الحرية والكرامة في سوريا ينبغي أن يستنتج أنهم كانوا حتمًا سيكونون مع القذافي الذي أراد دعم النظام البائد لفرضه بجنس ما يفرض به الأسد سلطانه، أعني بالمرتزقة، سواء كانوا أفارقة أو من مليشيات نصر الله، ومن هم من جنسه من العراق وإيران وحتى من روسيا»[19].

---

19. انظر: أبو يعرب المرزوقي: أخجل ممن يعتبر جهاد الشباب التونسي في سوريا جرمًا، ضمن تقرير: «متفرّقات أخطر التصريحات التي حرّضت التونسيين على الالتحاق بالجماعات الإرهابية في سوريا»، موقع «الجمهورية»، 9 سبتمبر 2015، https://bit.ly/3wWcwqA

تكمـن دلالـة هـذه المواقـف السياسـية الصريحـة في أن صاحبهـا «مسـؤول عـالي الرتبـة، وهـو الـذي يشـغل منصب عضـو المجلـس التأسيـسي عـن حركـة النهضة [قبـل أن يقـدم اسـتقالته]. وهـو المثقـف العضـوي الـذي انخـرط في الشـأن العـام بعـد سـقوط المئـات مـن القتـلى في ثـورة وفّـرت لـه الحريـة عـلى طبـق مـن ذهـب، والـذي لم يـرَ أي مانـع في التغريـر بشـبان والإلقـاء بهـم في دوامـة صراع لا دخل لهـم فيـه مـن قريـب ولا مـن بعيـد. وهـو أيضًـا مهـم لأنـه تنـزل في سـياق تصور شامل لحـزب كان يحكم في البلاد، تواطـأ في عمليـة تسـفير الآلاف مـن التونسـيين للانخـراط في حرب ليست حربهم»[20].

مـرت سـنوات عـلى تلـك المواقـف السياسـية الانقلابيـة، وكان مُنتظـرًا مـن رجـل يشـتغل في الفلسـفة، ويتأمـل مـن ثـم في الخـراب الـذي تعرضـت لـه المنطقـة العربيـة، وسـقوط الأرواح وزرع الفتـن وتكريـس الانقسـامات، كان مُنتظـرًا منـه أن يُعيـد النظـر في مواقفـه السـابقة؛ لأن المشـهد لا يحتمـل المزيـد مـن الفتـن، إلّا أن الأمـر لم يكـن كذلـك، بـل بقي المرزوقـي وفيًـا لتحولاتـه في مواقفـه السياسـية، سـواء كان يُعَـبِّر عـن ذلـك في صفحتـه الرسـمية عـلى موقـع التواصـل الاجتماعـي «فيسـبوك»[21]، أو في مدونتـه الرسـمية[22]، أو في معظـم الحـوارات السياسـية التـي أجريـت معـه، وخاصـة تلـك التـي أجرتهـا معـه منابـر إعلاميـة كانـت متورطـة في تأييد أحداث يناير 2011، عبر الدعاية والاحتضان.

نقول هـذا ونحـن نأخـذ بعين الاعتبـار ما جـاء في أحـد هـذه الحـوارات مـع أحـد هـذه المنابر، ومفـاده أننا «لسـنا في خريـف قاتم، بـل ما زلنا في عـزّ الربيع،

20. سفيان الشورابي، ماذا لو عاد المقاتلون التونسيون في سوريا إلى بلدهم؟ موقع «الخبر»، 28 فبراير 2014،
https://al-akhbar.com/Opinion/27711

21. رابط صفحة أبو يعرب المرزوقي في موقع التواصل الاجتماعي «فيسبوك»:
https://www.facebook.com/AbouYaarebMarzouki

22. رابط المدونة الرسمية لأبي يعرب المرزوقي: www.abouyaarebmarzouki.wordpress.com

وهــو ربيـع دائـم بسـبب غبـاء الثـورة المضـادة، فهـي لم تـدرس تاريـخ الثـورات السـابقة في العـالم. فالحلف المقدس هـزم نابليـون، لكـن الثـورة الفرنسـية هزمـت تحالـف ملـوك أوروبـا. ومـا مـن ثـورة هُزمـت فكريًـا حتـى لـو خسـرت معركـة صـدام القـوى الماديـة»، مضيفًـا أن «الثابـت [هـو] أن الثـورة المضـادة العربيـة خسرتهـما معًـا، فهـي أفلسـت نهائيًـا ماديًـا؛ أولًا لأنهـا لم تربـح أي حـرب في المشرق أو في المغـرب لأن الثـوار مـا زالـوا صامديـن، وخسـرت كل المعركـة المعنويـة لأن شعوبهـا نفسـها بـدأت تتململـ، وسـيشرح كورونـا وانهيـار أسعـار النفـط هـذا التململـ، حتـى تنتقـل الثـورة إليهـم في عقـر دارهـم وقريبًـا جـدًا، وتلك هـي البُشريـات التي تلـوح في الأفـق، ومثلـما بـدأ الربيـع مـن المغـرب (تونـس) فهزيمـة الثـورة المضـادة أيضًـا بـدأت مـن المغـرب (ليبيـا)»[23]، ولهذا السـبب يحظـى المرزوقي بتأييـد الأقلام الإسلاموية أو المحسـوبة عليها، مـن التي تعتقـد مثلًا أنه «مـن آخر الفلاسفة في العـالم العـربي والإسلامي، الذيـن ظلـوا حامليـن مشـاعل التنويـر ومواجهـة التزويـر والاستبداد في كل المراحـل التي عاشـوا فيها»، أو أنه «لم يتعّلـل بالانشغال الأكاديمي ليتعايـش مع الاستبداد، بـل خـاض غمـار السياسـة والبحـث والأكاديميا معًـا، وهـو حامـل همـوم أمتـه وشعبه ورسـالته في مواجهـة التزويـر الـذي يجيـده عديدون مـن حملـة مباخـر الاستعمار والاسـتبداد العـربي المعـاصر»[24]، ورؤى إسلاموية المرجعيـة مـن هذه الطينة.

3 ــ نـأتي لحالـة طـه عبـد الرحمـن، إذ كانـت مواقفـه أكـثر مفاجـأة[25]، ومعلـوم أنـه اسـتقبل أحـداث ينايـر 2011 بإصدار كتـاب «روح الديـن»، والـذي

23. حيـاة بـن هـلال، حـوار مـع أبي يعـرب المرزوقـي، موقـع «الجزيـرة. نـت»، 4 يونيـو 2020 ،https://bit. ly/3AR6eK6

24. نبيـل البكـيري، وقوفًـا مـع أبي يعـرب المرزوقـي، موقـع «العـربي الجديـد»، 25 يونيـو 2022 ،https://bit. ly/3KNE1Iw

25. سـوف نتوقـف عنـد الأسباب التي تخـول لنا الحديـث عـن مواقـف سياسـية مفاجئـة بخصوص حالـة طـه عبـد الرحمن، في المحور التالي من الدراسة.

يشـتغل فيـه عـلى علاقـة الديـن بالسياسـة في المنطقـة العربيـة، ويُعَدُّ الكتـاب مـن بـين أهـم أعمالـه النظريـة التـي تناقـش العديـد مـن التيـارات التـي تفاعلـت مـع هـذه الثنائيـة، وخصّ بالذكـر الإسلاميـين والعلمانيـين، إضافـة إلى فصـل نقـدي ضـد أتبـاع «ولايـة الفقيـه»، وفصـل آخـر ضـد مروجـي خطـاب الحاكميـة، وإن أورد بديـلًا لا يقـل إثـارة للقلاقـل، لكـن هـذا البديـل بقـي مؤسَّسًـا عـلى أرضيـة إصلاحيـة صوفيـة، ومـن ثـم فلـم يظفـر الكتـاب بكثـير مـن المتابعـات النقديـة في السـاحة العربيـة والإسلاميـة[26]، خاصـة أن ارتبـاط اسمـه بالتصوف كان عائقًـا عنـد معظـم النقـاد في المنطقـة لـكي يشـتغلوا عـلى أعمالـه، إضافـة إلى أنـه لم يكـن عضـوًا في مشروع أيديولوجي سياسي بشكل صريح.

كان ذلـك في غضـون عـام 2012، أي سـنة ونيـف بعـد أحـداث ينايـر 2011، لكـن نهايـة سـنة 2018، سـوف يُصـدر طـه عبـد الرحمـن كتابًـا يكشـف فيـه عـن وجـه نقـدي لم يكـن متوقعًـا قـط مـن معظـم ناقديـه، ولا بالأحـرى مـن أغلـب متتبعـي أعمالـه، باسـتثناء فئـة قليلـة مـن النقـاد كانت تتوقـع ذلـك، وسـبق لهـا أن حـذرت مـن هـذا التحـول في الخطـاب السـياسي لطـه عبـد الرحمـن، لكـن تحذيرهـا بقي في الهامش دون صدى.

نتحـدث عـن كتـاب «ثغـور المرابطـة»، وهـو كتـاب مـوزع عـلى مقدمـة، يزعـم فيها طـه عبـد الرحمـن أنـه يتفاعـل مـع أحـداث السـاحة العربيـة والإسلاميـة مـن منظـور فلسـفي، إضافـة إلى خمسـة فصـول وخاتمـة. تضمَّن الفصـل الأول قـراءة في عـودة العلاقـات بـين بعـض الـدول العربيـة وإسرائيـل، ثـم ثلاثـة فصـول متتاليـة مخصصـة للـصراع الطائفـي في المنطقـة العربيـة، وأخـيرًا، فصـل خامـس حـول واقـع

---

26. بالرغـم مـن ذلـك، نشرنـا مقـالًا أوليًا مـن بـاب التعريـف بأهـم مضامـين الكتـاب، مؤرخًـا في 11 فبرايـر 2012، https://bit.ly/3cUO562 ، ثـم نشرنـا مقـالًا آخـر بعـد سـنوات مـن ذلـك، في سـياق تسـليط الضـوء عـلى بعـض الإشـارات التـي تنـدرج في بـاب الفلسـفة السياسـية، والتـي تميز الكتـاب نفسـه، بتاريـخ 14 يونيـو 2016، // https: .bit.ly/3cS6S25

المثقـف العـربي الإسـلامي في المنطقـة العربيـة عـلى الخصـوص. أمّـا خاتمـة الكتـاب، فكانـت أشـبه بسـجال نقـدي شـخصي لا يقـل إثـارة للقلاقـل، وكان ملحقًـا شـاذًا ولا يليـق بـأن يصـدر عـن داعيـة تصـوف، كـما تفيـد بعـض مضامينـه، مـن قبيـل اتهـام كل مـن يختلـف مـع المؤلـف بأنـه يعـاني مـن «عقـدة الديـن بأشـد ممـا يعانيهـا أولياؤهـم مـن الأسـاتذة الغربيـين»[27]، أو يعـاني مـن «عقـدة النقـص بسـبب عجزهـم عـن الإحاطـة بالإشـكالات الفلسـفية الأساسـية، التـي خـاض فيهـا كبـار فلاسـفة الغرب مـن المتقدمين والمتأخرين»[28].

جاءت المفاجـأة عنـد قراءة الكتـاب مـن خـلال تأمـل مجموعـة مـن الأحكام السياسـية المبـاشرة التـي وجهها إلى بعـض دول المنطقـة، وكذلـك مـن خـلال ممارسـة الازدواجيـة في معـرض توجيـه النقـد لبعـض الـدول، مـن قبيـل نقـد دولـة تبنـت سياسـة معينـة، والصمـت عـن دولـة أخـرى تمـارس السياسـة نفسـها، ومـا أكـثر الأمثلة في هذا السياق، منها:

- في مضامـين الفصـل الأول مثـلًا، وبينـما يصـف كل مـن أقـام علاقـات دبلوماسـية مـع إسرائيـل بأنـه «اسـتبدل فاسـد الأوهـام بصحيـح الحقائـق»[29]، نجـده يُنـوه بالنمـوذج السـياسي الـتركي ويَعُـدُّه أفضـل النماذج السياسـية في المنطقـة، مـع أنـه نمـوذج سـياسي منخـرط أيضًـا في إقامـة علاقـات مـع إسرائيـل، وبالرغـم مـن ذلـك، يلـزم المؤلـف الصمـت عن هذه الجزئية.

---

27. طـه عبـد الرحمـن، ثغـور المرابطـة. مقاربـة ائتمانيـة لصراعـات الأمـة الحاليـة (الربـاط: مركـز مغـارب للدراسـات في الاجتماع الإنساني، 2018)، ص 236.

28. المرجع نفسه، ص 240.

29. المرجع نفسه، ص 29.

- في مضامـين الفصـول التاليـة المخصصـة للصـراع الطائفـي في المنطقـة، كان النقد موجهًا بالدرجـة الأولى إلى كل مـن السـعودية السـنية وإيـران الشـيعية، ولكـن هـذا النقـد لم يكـن متوازنًـا، وإنمـا مؤسَّسَـا عـلى ازدواجيـة هـو الآخر، لأن الانتقـادات التـي كانـت مـن نصيـب إيـران، اتضـح أنهـا متواضعـة جـدًا مقارنـة مـع الانتقـادات الخطـيرة التـي حظيـت بهـا السـعودية، وبـدا الأمـر كـما لـو أن المؤلـف ينتمـي إلى محور استراتيجي -إيراني - شيعي.

كانـت هـذه مجـرد أمثلـة لمغالطتـين ضمـن مغالطـات أخـرى تعـج بهـا فصـول الكتـاب الـذي كان صادمًـا عـلى أكـثر مـن صعيـد، وكانـت لـه تبعـات مبـاشرة على أعمال صاحبه، عند صدوره، ثم بعد ذلك لاحقًا.

موضـوع التبعـات هـذا هـو المحـور الـذي يهمنـا أكـثر مـن غـيره في هـذه الدراسـة، سـواء تعلـق الأمـر بحالـة طـه عبـد الرحمـن أو يوسـف القرضـاوي أو أبي يعـرب المرزوقـي، لأننـا نتحـدث عـن أسـماء فكريـة ودينيـة تورطـت في مواقـف أيديولوجيـة، وكانـت لهـذه التحـولات نتائـج متشـعبة، وهـذا مـا سـوف نتوقـف عنده في المحور الآتي.

المحـور الرابـع: نتائـج نظريـة وتطبيقيـة للانقـلاب في المواقـف السياسية

لم تكـن أحـداث عـام 2011 في المنطقـة العربيـة مفاجِئـة مـن حيـث التحـولات في العلاقـات السياسـية والاستراتيجية وحسـب، والتي لـولا وجـود مقاومـة لهـذا المـد الصدامـي، لكانـت النتائـج أفـدح بكثـير، ويكفـي أنهـا أسـقطت أنظمـة وورطـت أخـرى مـا زالـت في حالـة استنزاف مسـتمرة، وإنمـا كانـت مفاجِئـة مـن جوانـب أخـرى، منهـا تلـك التحـوُّلات التـي صـدرت عـن مجموعـة مـن الأسـماء الفكريـة

والدينيـة، والتـي يُحسـب لهـا أنهـا كانـت تـروج لخطـاب وحـدة شـعوب وأنظمـة المنطقـة، باعتبارهـا مقدمـة أو أرضيـة لوحـدة قضايـا الأمـة، بصـرف النظـر عـن ثقـل مرحلـة مـا بعـد تأسـيس الدولـة الوطنيـة الحديثـة، ولكـن عـلى الأقـل الدعـوة إلى الوحـدة العربيـة والإسـلامية في معـرض تنـاول قضايـا السـاحة، بـدلًا مـن تبنـي خطاب الفُرقة والصدام بين الدول نفسها.

والحقيقـة أن هـذه المواقـف السياسـية التـي ذكرناهـا، والتـي جـاءت إجمـالًا مغايـرة عـما هـو مألـوف مـن مواقـف سـابقة كانـت تصـدر عـن الأسـماء نفسـها، لا يمكـن أن تمـر علينـا مـرور الكـرام، ومـن ثم فقـد كانـت هنـاك نتائـج مباشـرة - أو لنَقُـلْ تداعيـات - لهـذه المواقـف. وبالتوقـف عنـد النمـاذج الثلاثـة المذكـورة، نجـد أنفسـنا أمـام أسـماء فكريـة ودينيـة تنـدرج أو تُصنـف في خانـة هـذا النـوع مـن المفاجـأة - غـير المتوقعـة - مـن طـرف النقـاد والباحثـين المتتبعـين لأعمـال هـذه الأسماء وغيرها.

أ ـــ بالنسـبة إلى حالـة يوسـف القرضـاوي، والـذي كان قبـل عـام 2011 يُلقـب مـن قبـل جماعـة الإخـوان والمتعاطفـين معهـا، بأنـه أحـد رمـوز «الوسـطية» و«الاعتـدال»، فإنـه - بعـد الإدلاء بهـذه المواقـف - لم يعـد ممكنًـا إطـلاق هـذا الوصـف عليـه مباشـرة، بـل أصبحـت الأسـئلة المتداولـة في السـاحة الفكريـة والدينيـة وغيرهـا تبحـث عـن أسـباب هـذه العـودة إلى الخطـاب الإسـلاموي في نسـخته المتشـددة، وهـو الـذي كان محسـوبًا عليـه في مرحلـة سـابقة، لكـن انخراطـه في مراجعـات وأخـذه مسـافة تنظيميـة مـن الإسـلاموية، جعلـه يحظـى باحـترام العديـد مـن المؤسسـات الدينيـة في المنطقـة، وتصـل إليـه دعـوات للمشـاركة في المؤتمـرات والنـدوات، وأخـرى للنشـر في المجـلات والكتـب، لا سـيّما بعـد أن أصبـح مـن نقـاد الانزلاقات التي كانت تتّسم بها الإسلاموية.

ما كشـفت عنـه هـذه المواقـف الانقلابيـة للقرضـاوي، هـو عَيْنُ مـا اشـتغلنا عليـه في دراسـة سـابقة تتعلـق بظاهـرة «الإخـوان السـابقين»، وقـد انطلقت الدراسـة المذكـورة مـن فرضيـة مفادهـا أن «الحديـث عـن انفصـال متديّـن إسـلامي حـركي عـن حركـة إسـلاميةٍ مـا، لا يعنـي أننـا إزاء حالـة نمطيـة تنطبـق عـلى جميـع المنفصلـين، وعـلى جميـع الأعضـاء السـابقين في الحركـة الإخوانيـة المعنيـة؛ لأننـا إزاء حـالات عـدة في السـاحة لا يمكـن إسـقاطها عـلى الجميـع، وإلّا فسـوف نتيـه في قـراءة التبايـن الحاصـل في مواقـف هـؤلاء، سـواء في اتجـاه التعامـل مـع التنظيـم السـابق أو مـع الآخـر، أي التعامـل مـع سـائر التنظيـمات الإسـلاموية والأيديولوجيـة، أو التعامـل مـع الدولـة والعـالم». وقـد أحصينـا في هـذا الصـدد «أربعـة اتجاهـات: حالـة طـلاق تنظيمـي مصاحَـب بطـلاق أيديولوجـي، وهـي الحالـة الخاصـة التـي يصـح وصـف صاحبهـا بــ «الإخـواني السـابق»؛ حالـة طـلاق أيديولوجـي دون طـلاق تنظيمـي، وهـذه حالـة خاصـة نعاينهـا أيضًـا في السـاحة؛ حالـة طـلاق تنظيمـي دون أن يكـون مصاحَبًـا بطـلاق أيديولوجـي، وهـي الحالـة السـائدة في المنطقـة مـع العديـد مـن النـماذج؛ حالـة طـلاق أيديولوجـي مصاحَـب بطـلاق تنظيمـي، ولكـن لا تتجـاوز سـقف التصريـح أو الادعـاء، دون أن يكـون ذلـك قائمًـا عـلى أرض الواقـع، وتنطبـق عـلى كل متديّـن إخـواني يمـارس التقية»[30].

ووواضـحٌ أنـه يمكـن إدراج أو تصنيـف حالـة القرضـاوي في الاتجـاه الإسـلاموي الثالـث، أي حالـة المتديّـن الإسـلاموي الـذي انفصـل عـن التنظيـم دون أن يكـون هـذا الانفصـال مصاحَبًـا بانفصـال نظـري أيديولوجـي، ويغلـب هـذا الاتجـاه عـلى سـائر الاتجاهـات في السـاحة العربيـة، كـما اتضـح في مضامـين تفاعـل العديـد مـن الإسـلاميين السـابقين مـع أحـداث عـام 2011، إلى درجـة أن الأمـر يبـدو كـما لـو أنهـم لم ينفصلـوا تنظيميًـا، بالرغـم مـن زعمهـم ذلك.

30. منتـصر حـمادة، قـراءة في ظاهـرة «الإخـوان السـابقين»، موقـع مركـز ترينـدز للبحـوث والاستشـارات، 2 يونيـو 2021، https://bit.ly/3Rm5QKw

ما كان القرضاوي يتورط في الإدلاء بتلك المواقف السياسية المغلفة باسم الدين، عبر شعار «الفتوى»، لو أنه كان ينتمي إلى الاتجاه الإسلاموي الأول، أي الاتجاه الذي انفصل تنظيميًا وأيديولوجيًا عن الإسلاموية، والذي تتضح مواقفه بشكل جلي في بعض الإصدارات التي نُشرت في المنطقة العربية، وحتى في الساحة الأوروبية.

وكانت أولى النتائج المباشرة التي أعقبت عن كشفه عن تلك المواقف السياسية الخطيرة ضد بعض أسماء الساحة، تكمن في سحب ألقاب الوسطية والاعتدال عن خطابه، ومن ثم إعادة النظر في مكانته العلمية من قِبَل نسبة معينة من الشارع العربي والإسلامي، باستثناء مواقف الإسلاميين، فهؤلاء حالة خاصة ولا يمثلون إلّا أنفسهم، واستمرارهم في الدفاع عن عنه ووصفه بالعلّامة، وكذا الإصرار على استحضار صفة رئاسة «الاتحاد العالمي لعلماء المسلمين»، وكل هذا أمر منتظر منهم. لكن هذه الألقاب والمسؤوليات أصبحت أكثر أيديولوجية مقارنة مع مرحلة سابقة، إضافة إلى أنها لم تَعُدْ تمثل إلّا أصحابها، بخلاف التضليل الذي كان يُمارس من قبل، والذي جعل نسبة من الرأي العام - في المنطقة العربية على الأقل - تتوهم أن الأمر يخص اتحادًا وازنًا لعلماء المسلمين، بينما الأمر في الحقيقة لا يخص إلّا اتحادًا إسلامويًا لدعاة ووعاظ وباحثين، يشتغلون في مؤسسة وظيفية، اتضحت أهدافها مع توالي الأحداث.

ب ــ بالنسبة إلى حالة أبي يعرب المرزوقي، فلم يُعرف عنه ترويج ذلك الخطاب الإسلاموي الصريح قبل أحداث عام 2011، بل كان يُحسبُ له توجيه النقد العلمي لأهم تيارين أيديولوجيين في الساحة العربية والإسلامية، أي التيار اليساري والتيار الإسلاموي.

وبالنتيجة، وبالرغم من شهرته السابقة القائمة في الشق الأيديولوجي، على أخذه مسافة من أيديولوجيات الساحة العربية والإسلامية، فإن أولى نتائج

المواقــف السياســية الحزبيــة التــي اتخذهـا فـي تونــس، وكـذا مواقفـه مـن الحالـة الجهاديـة فـي تونـس، ضمـن مواقـف أخـرى،كل مـا سـبق أفضـى إلـى تأكيـد بعـض الانتقـادات التـي كانـت تُوَجَّــه إليـه مـن قبـل بخصـوص مرجعيتـه الأيديولوجيـة المقربـة مـن المرجعيـة الإخوانيـة فـي نسـختها التونسـية، وذلـك علـى الرغـم مـن اشـتغاله فـي حقـل الفلسـفة، والـذي يفتـرض منـه أن يكـون متعاليًـا علـى التـورط فـي ولاءات أيديولوجيـة اختزاليـة وضيقـة، سـواء كانـت أيديولوجيـات دينيـة أو ماديـة، يسـارية أو إخوانيـة، لاعتبـار بَدَهـي يتمثـل فـي اتسـاع الأفـق النظـري للعمـل الفلسـفي، مقابـل ضيـق الأفـق النظـري لمجمـل هـذه الأيديولوجيـات مـا دامـت تسـهم فـي ترسـيخ تزييـف الوعـي باسـم هـذه المرجعيـة أو تلـك، مـن قبيـل تزييـف الوعـي باسـم الديـن[31] أو تزييـف الوعـي باسـم الحداثـة، وقـد أشـرنا سـابقًا إلـى ظاهـرة انسـحاب بعـض الأسـماء الفكريـة مـن الـولاء التنظيمـي بقصـد التفـرغ للعمـل البحثـي الـذي يتطلـب مسـاحة أكبـر مـن الحريـة، لا توفرهـا التنظيـمات الأيديولوجية.

كان طبيعيًـا إذن أن يحظـى المرزوقـي بالاحتفـاء والتأييـد مـن الأقـلام الإسـلاموية - أو المحسـوبة علـى الإسـلاموية - حتـى بعـد مـرور سـنوات علـى مواقفـه السياسية تلك، لأنه أصبح محسوبًا عمليًـا على المرجعية الإسلاموية.

مـن بيـن النتائـج المبـاشرة لترويـج هـذا الخطـاب الإسـلاموي مـع حالـة أبـي يعـرب المرزوقـي - وهـو مـا سـوف نلاحظـه أيضًـا بشـكل لافـت مـع حالـة طـه عبـد

---

31. هنـاك معضلـة نظريـة عنـد الإسـلاموية، نزعـم أنـه يمكـن تصنيفهـا فـي خانـة تزييـف بالوعـي باسـم الديـن، تطرق إليهـا المفكـر اللبنـاني رضـوان السـيد، مفادهـا أن «الإسـلاميين المعتدلـين فـي الثمانينيـات، انصرفـوا إلـى إنشـاء فـرع دراسـي سـمّوه «فقـه الأقليـات المسـلمة» لشـرعنة إمكانيـة عيـش المسـلمين فـي بلـدان غـير إسـلامية! وهـو هـو الغريـب!»، ويقصـد بالغريـب هنـا «الإقبـال علـى تبريـر التعايـش بـين المسـلمين وغـير المسـلمين فـي ظـل سـلطة وقوانـين غـير إسـلامية. لكأنـما نحـن المسـلمين لا نملـك تجربـة تاريخيـة فـي العيـش مـع العـالم وفيـه». انظـر: رضـوان السـيد، الـصراع علـى الإسـلام. الأصوليـة والإصـلاح والسياسـات الدوليـة، ط3 (بـيروت: دار جـداول للنـشر والترجمـة والتوزيع، 2017)، ص 28.

الرحمـن - هـي أن شهرته السـابقة والمرتبطـة مثلًا باشـتغاله عـلى أعـمال ابـن تيمية، وانخراطـه في ما قـد نصطلـح عليـه رد الاعتـبار لابـن تيمية، مـن خـلال عـدم اختـزال أعماله في «مجمـوع الفتـاوى»، عـبر تسـليط الضـوء البحثـي عـلى الوجـه المنطقـي والفلسـفي والصـوفي في أعـمال ابـن تيميـة، عـلى غـرار مـا يقـوم بـه عـالم المنطـق حمـو النقـاري[32] ضمـن أمثلـة أخـرى، هـو أن تلـك المواقـف شوشـت عـلى هـذا الجهـد النظري المخصص لابـن تيميـة، إذ يتحـول متتبـع هـذا العمـل إلى طرح أسـئلة عـن مـآلات الجهـد الـذي يزعـم الانخـراط في مـشروع رد الاعتـبار هـذا، علمًـا بـأن صاحـب المـشروع لا يـتردد في الإدلاء بمواقـف سياسـية تعيدنـا إلى نقطـة البدايـة، ونحـن الذيـن كنـا نعتقـد أننا قطعنـا أشـواطًا نظريـة في عمليـة رد الاعتـبار، وأخـذ مسـافة مـن خطـاب التشـدد الدينـي ومشـاريع التطـرف العنيـف، مـا دام المرزوقـي يكشـف علانية عن تأييده لبعض أتبـاع هذا المشروع.

وهـذا عَيْنُ مـا حـذرت منـه كاتبـة أردنيـة في صيـف عـام 2017، حيـن اعتـبرت أن المرزوقـي «يخـدم المـشروع الإخـواني بتطويـع النـص القـرآني مئـة مـرة، ليتوافـق مـع أفكار مبيتـة وقائمـة لـدى الإخـوان»، معتـبرة أنـه «يعتنـق نفـس الفكـر الإخـواني المتطـرف، والـذي يمكـن ملاحظتـه أثنـاء حديثـه عـن مسـتقبل الإسـلام السـياسي ومسـتقبل العـالم، كـما أنـه يسـتغل الفلسـفة في تسـويغ المـشروع الإخـواني، مـن خلال إعطائه النكهة الفكرية»[33].

ج — نـأتي إلى النمـوذج الثالـث المتعلـق بالمغربي طـه عبـد الرحمـن، ونزعـم أنـه مـن الأهميـة بمـكان التوقـف مليًـا عنـد التحـولات التـي طـرأت في مواقفـه

---

32. انظـر في هـذا السـياق: حمـو النقـاري، ابـن تيميـة «المنطقـي» أو منطـق «الـرد عـلى المنطقيين» (بـيروت: المؤسسـة العربيـة للفكـر والإبـداع، 2021)؛ وحمـو النقـاري، فلسـفة ابـن تيميـة المنطقيـة (بـيروت: المؤسسـة العربيـة للفكـر والإبداع، 2021).

33. انظـر: زليخـة أبـو ريشـة، أبـو يعـرب المرزوقـي وخديعتـه الفلسـفية، صحيفـة «الغـد»، عـمّان، 28 أغسـطس 2017، https://bit.ly/3EATKrH .

السياسية، مقارنة مع نموذجيْ يوسف القرضاوي وأبي يعرب المرزوقي، وذلك لاعتبارات عدة، ونتوقف هنا عند ثلاثة منها على الأقل:

- -الأول أن طه عبد الرحمن قادم من طريقة صوفية، والعمل الصوفي - مثلما هو معلوم - بعيد عن الخوض في الصراعات السياسية والحزبية والأمنية وغيرها، بدليل غياب الطرق الصوفية عن التفاعل النظري مع الأحداث سالفة الذكر. وإذا حدث وأن تدخلت، كما لاحظنا في بعض الحالات العربية، فغالبًا ما يأتي هذا التدخل في سياق الدفاع عن الوحدة الوطنية والتصدي لمشاريع الفتنة والانقسام والفوضى، وليس من أجل شيطنة أنظمة ودول، أو التورط في توزيع أحكام سياسية على الحكام والعلماء.

ومن ثم، فقد كان مفترضًا في هذا النموذج أن يبقى وفيًا لما يُميز العمل الصوفي، خطابًا وممارسةً، منذ قرون مضت وليس منذ الأمس القريب، باستثناء الحالات التاريخية والاستثنائية التي تطلبت تورط أهل التصوف في حروب وصراعات دفاعًا عن دول المنطقة وشعوبها ضد الاستعمار، ولكن هذه حالات خاصة ومطلوبة ولا يمكن الاعتراض عليها، لأنها أصل، بينما الأمر مختلف بعد تأسيس الدولة الوطنية، وانخراط الحكام والأنظمة والحكومات والجميع في صيانة مؤسسات الدولة.

- والثاني أن طه عبد الرحمن له أعمال سابقة في نقد الإسلاموية، سواء تعلق الأمر بالإسلاموية السياسية من قبيل الإخوان المسلمين، مثلما جاء في كتابه «العمل الديني وتجديد العقل»، منتقدًا ظاهرة الإسلاموية وأطلق عليها في الكتاب مصطلح «اليقظة الدينية»[34]، أو

---

34. طه عبد الرحمن، العمل الديني وتجديد العقل، المركز الثقافي العربي، بيروت ـ الدار البيضاء. الطبعة الثالثة 2000، ص: 9.

نقـده للجماعـات الإسلامية الجهادية، أي ظاهـرة «التطرف العنيـف» كـما جـاء في كتابـه الحـواري «سـؤال العنـف». ومـن ثـم، حتـى مـع الإدلاء بمواقف سياسية نقدية حول أحداث المنطقـة العربيـة، لم يكن متوقعًا مـن قِبَـل قـراء هـذه الأعمـال التـي تضمنت نقـدًا مبـاشرًا للإسلاموية، أن يجـدوا أنفسهم بـإزاء إشـارات نقدية مضادة في كتاب «ثغـور المرابطة»، وهـي لا تصدر إلّا عـن الإسلاموية، مـن قبيل الاتهام الـذي وجَّهـه في الكتـاب ضد إحـدى دول المنطقـة، بأنهـا «متحالفـة مـع أعـداء الأمـة»[35]، ومـن يقـرأ هـذا الاتهـام السياسي الخطـير والـذي يتكـرر تسـع مـرات في الكتـاب، قـد يتوهـم أن صاحبـه ينتمـي إلى تنظيـم إسلامي جهـادي، ولا يمكنـه أن يتوقـع بـأن صاحـب الانتقادات قـادم مـن طريقـة صوفيـة، وكان هـذا أحـد المآزق النظريـة والأخلاقيـة التي تضمنها كتابه هذا.

وقـد شكلت هـذه الانتقـادات - إسلاموية النزعـة - أرضيـةً نظريـةً خوّلـت لأحـد الباحثين أن يلتفت إلى بعـض القواسم المشـتركة لإصـدارات بعـض المفكرين في السـاحة، في سـياق تعاملهـم مـع الحركات الإسلامية. ومما تطرق إليه أن خطـاب هـؤلاء «حتـى وإن انتقـدوا سيد قطب وأمثالـه مـن منظري الإسلاموية، أو حتى رفضوهـم صراحـة، بـل وحتـى لـو انتقـدوا مشروع الأصوليـة الإسلاميـة بمُجمله، فإنهـم لا ينتقدونـه أو يرفضونـه مـن حيـث هـم يتقدّمـون بمشروع مختلـف نوعيًا، وإنمـا مـن حيـث كـون المشروع الأصـولي عاجـزًا في نظرهـم عـن الوصول إلى الغايات

---

35. وصل الأمـر بطـه عبد الرحمـن في الكتـاب إلى درجـة اتهـام المملكـة العربيـة السـعودية بأنهـا «متحالفـة مـع أعـداء الأمـة»، وكـرّر الاتهـام تسـع مـرات بالضبـط في الكتـاب، كـما انتقـد دولة الإمـارات العربيـة المتحـدة (في حـوالي صفحة)، ومقابل هـذه الانتقـادات والشيطنة، التـزم الصمت تجـاه دولة قطر، ونـوّه بالنموذج السياسي التـركي، باعتبـاره أفضل الأنظمة الإسلامية. سنة ونيف بعد صدور الكتـاب، سـوف تعلن تركيا عـن منح طـه عبد الرحمـن، جائـزة «نجيب فاضل» للثقافة، نسخة 2020 - 2021، وهي جائـزة تُمنح كل عـام، تحت رعايـة الرئيس رجب طيب أردوغـان وبحضوره، بهـدف الحفـاظ عـلى الميراث المعنوي والثقافي للشـاعر والكاتب التـركي نجيب فاضل قيصاكوريك.

المتفــق عليهـا ضمنًـا، الغايـات التـي تُشـكّل مِحْـور الرؤيـة، وخطهـا الاسـتراتيجي العـام»[36].

- بخصوص الاعتبار الثالـث، فمـرده أن للقرضاوي تجربـة إسلاموية مـع مـشروع إخوانـي، ومـن ثـم، فبالرغـم مـن انفصالـه التنظيمـي، وبسـبب تأثـير النهـل الأيديولوجـي، اتضـح - مثلمـا أشرنـا سـلفًا إلى ذلـك - أن هـذا التأثـير بقـي حـاضرًا ولـو نسـبيًا، ممـا أفضـى إلى الخـروج مـن مرحلـة الكمـون والعـودة إلى مرحلـة الماضـي الإسـلامي، وقـد أفضـى ذلـك إلى كشـف القرضـاوي عـن وجـه آخـر، كان حـاضرًا ولكـن في مرحلـة سـبات؛ وعليـه، فقـد كانـت هنـاك مقدمـات نظريـة وحركيـة تخـول لبعـض النقـاد والمتتبعـين أن يتوقعـوا انقـلاب القرضـاوي عـن خطاب الوسطية والاعتدال وشعاراتهما.

والأمـر نفسـه مـع نمـوذج أبي يعـرب المرزوقـي، لأن تلـك الانتقـادات التـي كانـت تصـدر ضـده في مرحلـة سـابقة، بخصـوص نهلـه الإسـلاموي، اتضـح أنهـا لم تصـدر مـن فـراغ أو بسـبب تصفيـة حسـابات سياسـية، وإنمـا كانـت هنـاك مـؤشرات يمكـن أن تفضـي إلى ملاحظـة مـا أصبـح يصـدر عنـه ضـد بعـض الأنظمـة والحـكام، ومـن ثـم، عـلى غـرار القرضـاوي، ثمـة قابليـة ولـو نسـبية عنـد المرزوقـي لكـي تصـدر عنه المواقف السياسية الانقلابية التي تطرقنا إليها أعلاه.

أمّـا في حالـة طـه عبـد الرحمـن فـإن الأمـر يختلـف كليًـا. فمـن المعـروف أن لـه سـوابق سياسـية في بعـض أعمالـه البحثيـة، مـن قبيـل مـا جـاء في كتابـه «الحداثـة والمقاومـة» المخصـص لحـزب اللـه، أو كتـاب «الحـق الإسـلامي في الاختـلاف الفكـري» المخصـص لأحـداث 11 سبتمبر، وعـلى الرغـم مـن ذلـك فقـد بقيـت هـذه المواقـف

---

36. انظـر: محمـد المحمـود، الأصوليـة القطبيـة في ثوبهـا الجديـد، موقـع «الحـرة»، 7 ديسـمبر 2020، https://arbne. ws/3evd68v

ظرفيـة وخاصـة بأحـداث كان عليهـا بعـض الإجـماع، ولم تصـدر عنـه - في الأعـمال المذكـورة - مواقـف سياسـية نقديـة وانقلابيـة مثـلما جـاءت في كتابـه «ثغـور المرابطة».

- في كتابـه «الحـق الإسلامي في الاختـلاف الفكـري» (2005)، والـذي تضمـن مواقـف سياسـية تتقاطـع مـع مواقـف سـيد قطـب ومواقـف السـلفية الجهاديـة، فقـد كان السـياق حينهـا مرتبطًـا بتداعيـات الحـرب الكونيـة ضـد الجماعـات الإسلاميـة مـن جهـة، ومـن جهـة أخـرى انخرط العديـد مـن الـدول الغربيـة آنـذاك في الضغـط عـلى الـدول العربيـة والإسـلامية مـن أجـل تعديـل المناهـج الدراسـية، ولا سـيّما مناهـج التعليـم الدينـي، في إطـار مـا اصطلـح عليـه دونالـد رامسـفيلد وزيـر الدفـاع الأمريـكي في أكتوبـر عـام 2003 بـ «حـرب الأفـكار»، ومـن ثم فقـد كان السـياق الإقليمـي والـدولي عنـد المسـلمين، يصـب في مـا يُشبه مقاومة هذه الضغوط الغربية.

- في كتابـه «الحداثـة والمقاومـة» (2007)، والـذي تضمـن دعايـة تـكاد تكـون طائفيـة لصالـح حـزب اللـه، اتضـح أنـه صـدر مباشرة بعـد أحـداث يوليـو 2006 في لبنـان، إلى درجـة أن قارئ الكتـاب قـد يعتقـد أن مؤلفـه عضـو في حـزب اللـه، أو ينهـل مـن مرجعيـة شيعية، مـن فـرط الاحتفـاء الكبيـر الـذي حظـي بـه الحـزب في هذا الكتـاب. ولكـن السـياق الإقليمـي حينهـا، كان عنوانـه التضامـن مـع موقـف حـزب اللـه في الحـرب المعنيـة، بدليـل صـدور أعـمال لأسـماء أخـرى، مـن قبيـل كتـاب للمفكـر المغـربي عبدالإلـه بلقزيـز، يدافـع فيـه أيضًـا عـن حـزب اللـه من منظور قومي[37]، ضمن مجموعة من الأمثلة.

<hr>

37. انظـر: عبدالإلـه بلقزيـز، حـزب اللـه: مـن التحريـر الى الـردع (1982- 2006)، (بـيروت: مركـز دراسـات الوحـدة العربية، 2006).

هـذه أمـور كانـت غائبـة في كتـاب «ثغـور المرابطـة» (2018)، لأن السـياق الإقليمـي هـذه المـرة لم يكـن يحتـاج إلى تأويـل أو توضيـح؛ إذ كانـت المنطقـة تمـر حينـذاك بمرحلـة فـوضى لم يسـبق أن مـرت بمثلهـا منـذ حقبـة الاسـتقلال عـن الاسـتعمار. ومـن مـؤشرات الفـوضى، كثرة الانقسـامات السياسية والاسـتراتيجية، وإسـقاط أنظمـة وحكومـات، وفشـل تأسـيس تكتـلات إقليميـة، ومـؤشرات أخـرى. وكان مفترضًا في الأحكام السياسية التي جاءت في كتـاب «ثغـور المرابطـة»، أن تأخذ هـذا الاحتقـان الإقليمـي بعيـن الاعتبـار، وليـس مـن مُنطلـق صـب المزيـد مـن الزيـت عـلى نـار الفتـن القائمـة والمفتوحـة، لـولا أن الكتـاب تضمن أحكامًا سياسية لم تختلف عـن الأحـكام السياسـية التـي تصـدر عـن الإسـلاموية - الإخوانيـة والجهاديـة - ضـد بعـض دول المنطقـة، ممـا عُـدَّ هديـة نظريـة لهـذه الإسـلاموية، وهـذا يُحيلنـا إلى بعض نتائج الكتاب، بما فيها النتائج المرتبطة بتبعات هذه الهدية.

ويبـدو منطـق الهديـة مـن خـلال إشـارة تنبـه إليهـا أحـد الباحثين في معـرض قـراءة هـذه التحـولات الفكريـة، عندما اعتبر أن الإسـلاميين، ومنـذ مرحلـة التأسـيس، وهـم يعانـون «مـن مشـاكل وأزمـات فكريـة وواقعيـة لا يمكـن اختصارهـا في هـذا الجانـب الفكـري، لكـن الدعـوى التـي حملهـا طـه في خطابـه غازلـت الإسـلاميين في زمـن اصطـدم بفـراغ المـشروع فكريًـا وسياسيًـا، وحيـث احتـاج الخطـاب إلى وسـائل جديـدة للانبعـاث في النخبـة المتعلمـة، ومواجهـة الخطـاب اليسـاري والقومـي داخليًـا، ولمناظرة الفلسفة الغربية خارجيًـا والتحرر من تقليدها»[38].

انقسم التفاعل مع الكتاب في المنطقة العربية إلى اتجاهين:

1 ــ اتجـاه احتفالي صرف، انخرطت فيه مجموعـة مـن الأقـلام الإسـلاموية، وبخاصـة الأقـلام الإخوانيـة، واتضـح ذلـك مـن خـلال كـثرة القـراءات الاحتفاليـة

---

38. أحمـد فـال السـباعي، أزمة الأصالـة في الخطـاب التداولي العربي: طـه عبد الرحمـن نموذجًا (الدار البيضاء: دار أفريقيا الشرق، 2022)، ص 181.

بالكتـاب، أو قـراءات تعريفيـة تقتـرب مـن الاحتفـال والتأييـد[39]، وتنظيـم نـدوات ومؤتمـرات مـن قِبَل مراكـز بحثيـة إخوانيـة حصرًا[40]، وهـذا مؤشر دال عـلى طبيعـة المضامين السياسية للكتاب.

لـو أن الذيـن احتفلـوا بالكتـاب كانـوا ينهلـون مـن مرجعيـات عـدة، إخوانيـة ويسـارية وصوفيـة وغيرهـا، لخلَصنـا إلى أنـه لا يمكـن تصنيـف رسـائل الكتـاب وإشاراته ضمـن توجه أيديولوجي محـدد، لكـن أن تكون وحدهـا الأقلام الإسلامـوية، وبالتحديد الأقلام الإخوانيـة، هـي التـي تحتفـي بالكتـاب، فهـذا مُعْطًى لا يحتـاج إلى تفسـير ولا تبريـر، ممـا دفع أحد الباحثين إلى إثارة ملاحظةٍ في هـذا السياق مفادها أن «أغلـب الأكاديميـين والطلبة الباحثين[41] ممـن رافقـوه خـلال مسـاره الفكـري — الفلسـفي، وخصصـوا لـه كتبًا ودراسـات، تفاجـؤوا مـن المواقـف المعبَّر عنهـا في كتابه

---

39. انظر على سبيل المثال لا الحصر:

- عبـد النبـي الحـري، طـه عبـد الرحمـن بـين التأمـل الفلسـفي والتكهـن السـياسي، موقـع «اليـوم 24»، 10 ديسـمبر 2018، https://www.alyaoum24.com/1183836.html

- بـلال التليـدي، «ثغـور المرابطـة».. أحـوال الأمـة مـن زاويـة نظر فيلسـوف (1-2)، 8 ديسـمبر 2018، والجزء الثاني في 10 ديسمبر 2018: https://bit.ly/3KYSEZz

وقد سـبق للباحـث نفسـه أن وصف مؤلف الكتاب في سلسـلة مقـالات بأنه مـن «المفكرين الإسـلاميين»، بينما لم يكن يصفه كذلك قبل سنة 2011 عندما كان طه عبد الرحمن يؤلف في نقد الإسلاموية.

- عـز الديـن حدو، الـصراع الإسـلامي الإسرائيـلي ومركزيـة المرابطـة المقدسـية مـن زاويـة فلسـفية: إطلالـة في كتاب ثغور المرابطة، موقع «منار الإسلام»، 12 فبراير 2020: https://bit.ly/3RIBeCQ

40. مـن مـؤشرات الاحتضـان الإسلامـوي لأعمـال طـه عبـد الرحمـن، كـثرة الإصدارات البحثيـة الصـادرة عـن أسـماء إسـلاموية، وأحدثها كتاب جماعـي بعنـوان «المفاهيـم الأخلاقيـة في الفكـر الفلسـفي المعـاصر مـن خـلال أعمـال الفيلسـوف طـه عبـد الرحمـن»، تأليـف جماعـي محكَّم، تنسـيق: أحمـد الفـراك (بـيروت: دار ركائـز النـشر والتوزيع، 2022).

41. سـبق أن نشرنـا عـدة قراءات تعريفيـة في بعض إصدارات طـه عبـد الرحمـن، مـن قبيـل كتابـه «العمـل الديـني وتجديـد العقـل»، أو «ديـن الحيـاء»، أو «سـؤال العنـف»، وجـاء ذلك في سـياق الدفـاع عـن خطـاب إصلاحـي ينهـل مـن مرجعيـة أخلاقيـة - صوفيـة، بعيـدة عـن الخطـاب الإسلامـوي الأيديولوجـي، سـواء تعلـق الأمـر بالإسـلاموية السياسـية أو الجهاديـة، لكـن الأمـر مختلـف مـع كتـاب «ثغـور المرابطـة»؛ لأنـه لا يمكـن التـورط في التعريـف بمضامينه بسبب أفقها الإسلاموي الاختزالي والضيق.

«ثغـور المرابطـة»، وهــو مــا يفسر ابتعادهـم عـن الكتــاب وعدم احتفالهـم بـه. وجـاء الاستثناء في الدعايـة التي حصـل عليهـا الكتـاب في الصحف الورقيـة والصحف الإلكترونية التابعة «للإخوان» الذين ارتمى طه عبد الرحمن في حضنهم»[42].

2 ــ ومقابـل الاتجـاه الاحتفالـي، كان هنـاك اتجاه نقـدي، كـما هـو الحـال مع أمثلة عدة، ونتوقف عند مثالين منها:

-   يـرى الباحـث إدريـس جنداري المتخصص في سوسيولوجيا الثقافـة أنه «سـواء مـن خـلال تناولـه للأيديولوجيتـين: الوهابيـة والخمينيـة، حاضرًا، أو مـن خـلال تناولـه للتياريــن المذهبيــن (السـنة والشـيعة) ماضيًـا، فقد فشـل طه عبـد الرحمـن في مهمته الفلسفية، وقـدم نفسـه بمثابـة المنظر الأيديولوجي، كـما قـدم كتابـه «ثغـور المرابطـة» بمثابـة المنشـور الأيديولوجي مـن أي شـحنة فلسـفية»، مضيفًـا أن الكتـاب «قـد يفاجـئ الكثـير مـن المتلقيـن الذين تعاملـوا مـع طـه عبـد الرحمـن، لوقت طويـل، باعتبـاره فيلسوفًا مؤصلًا للمفاهيم مـن داخـل النظام المعـرفي العـربي الإسـلامي، لكـن القـراءة المعرفيـة الفاحصـة المسـلحة بوعي سوسيو - ثقافي لا تنطلي عليها التقية الفلسفية»[43].

-   مـن جهتـه، يـرى الباحـث خالـد زهـري، المتخصص في علـم الكـلام، أن طـه عبـد الرحمـن «يكتسـب احترامًـا شـديدًا مـن لـدن خصومـه، ولـولا ذلـك الاحـترام، لـما التفتـوا إلى مـا يكتـب، ولا أسـالُوا المـداد في مناقشـة أفكاره، بمعنـى أن الاستفزازَ المعـرفي والحـس النقدي، اللذين تُحْدِثُهما

---

42. هشـام الطرشي، طـه عبـد الرحمـن.. فيلسـوف الأخـلاق الـذي خانـه المنطـق في أرذل العمـر، موقع «الصحيفـة»، 12 سبتمبر 2019: https://bit.ly/2kT8mhy

43. إدريـس جنـداري، رحلـة في ثغـور المرابطـة.. قـراءة في كتـاب «ثغـور المرابطـة» لطـه عبـد الرحمـن. التقيـة الفلسـفية لإخفـاء النزوع الأيديولوجـي، موقع «أواصر للثقافـة والفكـر والحوار»، 6 أبريـل 2022، 33. https://bit.ly/3OAzf

مصنفـات الأسـتاذ طـه عبـد الرحمـن لطـرح الأسـئلة، ونقْـدِ المسـائل، كان اسـتفزازًا إيجابيًـا، يخـدم المشـروعَ الفكـري الـذي يحملـه، كـما يُسـهم في تخصيـب السـاحة الفكريـة والفلسـفية في الوطـن العـربي خاصـة، والإنسـاني عامـة»، لكنـه «للأسـف الشـديد ما فتـئ أن نسـف مشروعـه الفلسـفي»، إذ «إن كتابـه «ثغـور المرابطة»، يُعَـدُّ لغمًـا نسـف هـذا المشـروع». وقـد أورد الباحـث في الدراسـة النقديـة مجموعـة أمثلة مـن المهـم استحضارهـا، مـن قبيـل الأسـئلة التاليـة: «مـا هـي الأسـباب النفسـية، أو السياسـية، أو الأيديولوجيـة، التـي جعلتـه يتخـذ موقفًـا سياسيًـا مـن هـذا القبيـل؟ هـل تقـف وراء هـذا الانحيـاز جهـة مـا: سياسـية، أو حزبيـة، أو أيديولوجيـة، إلخ؟ هـل الأمـر راجـع في ذلـك إلى ضغطٍ تقـف وراءه سلطةٌ ما، أو حكومةٌ ما؟»[44].

المحور الخامس: اعتراضات وخلاصات

بعـد هـذه الوقفـات مـع التحـولات في المواقـف السياسـية للنماذج التـي اشـتغلنا علينـا أعـلاه في هـذه الدراسـة، آن الأوان للتوقـف عنـد بعـض الاعتراضـات التـي يمكـن أن تصـدر عـن هـذه النماذج، أو عـن مؤيديهـا في السـاحة البحثيـة والسياسية وغيرها، ونعرض هنا لاعتراضين على الأقل:

1 — مـن حـق أهـل الاشـتغال البحثـي في الفكـر والديـن الإدلاء بمواقـف سياسـية حـرة، بعيـدًا عـن الانتـماءات السياسـية والحزبيـة والأيديولوجيـة وغيرهـا، وخصوصًـا أن أفـق الحريـة في التفكيـر الإسـلامي واسـع بمقتضى الآيـة الكريمـة التـي جـاء فيهـا ﴿ فَمَـنْ شَـاءَ فَلْيُؤْمِـنْ وَمَـنْ شَـاءَ فَلْيَكْفُـرْ ﴾ (سورة الكهف، من الآية 29).

<hr>

44. خالـد زهـري، طـه عبـد الرحمـن بيـن الانتصـار للـذات والتجنـي عـلى الغيـر: كتـاب «ثغـور المرابطـة» نموذجًـا، موقع «دين بريس»، 5 أكتوبر 2021: https://dinpresse.net/?p=15678

يبدو ذلك اعتراضًا وجيهًا في الظاهر، لكن في المضامين والتفاصيل سنجد الأمور مغايرة وذلك لاعتبارين على الأقل:

- أولهما أن هذه الحرية التي يتحدث عنها أصحاب هذا الاعتراض تقتضي أن تكون حرية مسؤولة، وليست حرية فوضوية، لأنه لا توجد حرية بلا مسؤولية، بدليل أنه لا يوجد مجال ثقافي ما في العالم بأسره، بلا ضوابط في حرية التعبير وحرية التفكير، بالرغم من الحديث الهلامي عن الحق في التفكير والحق في التعبير. وعلى سبيل المثال، في فرنسا التي تُعَدُّ مهد الثورة على الملكية، ورائدة شعارات الحرية والتنوير والإصلاح، وهي المجال الثقافي الذي يعج بفلاسفة يدافعون عن النزعة الإلحادية، لا يمكن لكائنٍ مَنْ كان أن يدعو إلى إسقاط النظام الجمهوري والعودة إلى الملكية الدستورية على غرار الحالة الإسبانية أو الهولندية، وإلّا فإنه سيُتابَع قضائيًا بمقتضى القانون الفرنسي، بالرغم من الأمر يتعلق بمجال يعج بحرية التعبير، لكن في حدود، لأن الأمر يتعلق بحُرّيّة تعبير مسؤولة وليست فوضوية، والأمر نفسه مع العديد من الأمثلة في القارات الخمس.

- وثاني هذه الاعتبارات أن أي مشتغل في الفكر والدين يرغب في الإدلاء بمواقف سياسية معينة، بصرف النظر عن مضامين هذه المواقف، عليه أن يتحمل تبعات الرسائل أو الإشارات التي تتضمنها، ولا يمكن الانخراط فيما يُشبه «صكوك الإصلاح» على الأنظمة والشعوب والحكام، دون تحمل مسؤولية هذا الخيار، وإذا كان المشتغل المعنيّ لا يرغب في تحمل مسؤولية مواقفه السياسية، فما عليه إلّا توخي الحذر واجتناب الخوض في قضايا سياسية شائكة ومعقدة لا تحتمل القراءات النقدية الاختزالية.

2 ــ ينطلـق الاعـتراض الثـاني مـن الحديـث النبـوي «العلـماء هـم ورثـة الأنبـياء»، وأنـه مـن واجبهـم قـول الحقيقـة في وجـه السـلطة، وتقـع مسؤوليـة ذلك عـلى عاتقهـم بمقتـضى المكانـة الرمزيـة التـي تميزهـم مقارنـة مـع سـائر فئـات المجتمع.

وعـلى غـرار الاعـتراض الأول، يبـدو الاعـتراض هنـا وجيهًـا في الظاهـر، ولكننـا نرى أن الأمر على خلاف ذلك لاعتبارين على الأقل:

- الأول أن هـذا الاعـتراض ينهـل مـن تصـوّر اختـزالي، لأن زعـم قـول الحقيقـة يفـترض أن القائـل يمتلـك هـذه الحقيقـة، كـما لـو أن كلامـه يُؤخذ منه ولا يُرَدُّ عليه، وهذا محال في غير المعصوم.

- والثاني، أن أتبـاع النـماذج الثلاثـة - التـي اشتغلنا عليها في هذه الدراسـة - يصرفون النظر عـن الفوارق الكبـيرة بـين المواقـف السياسية للفاعـل السـياسي، مقارنـة مـع المواقـف السياسية للفاعـل الـذي يشـتغل في قضايا الفكر والدين، وهـي أن المفكر يشتغل في عالم الأفكار، لذلك غالبًـا مـا يصنفه النقـاد بأنـه أقـرب إلى المثاليـة أو الطهرانيـة، بصـرف النظـر عـن مرجعيتـه، لأن هـذه ظاهـرة كونيـة. ولكـن ابتـداءً مـن اللحظـة التـي يتـورط فيهـا هـذا المفكر في الإدلاء بمواقـف سياسية، تتميـز أساسًـا بأنها نسبية ومتقلبة، فطبيعـي أن يخرج رغمًـا عنـه مـن مقـام المثاليـة، هـذا إن كانـت مواقفـه السياسية منصفة. ومـع ذلك، فإنه سيخرج من المثاليـة؛ لأنـه سـيجد مـن يتفـق معـه، مثلـما سـيجد مـن يختـلف معـه. ثـم يـزداد الأمـر استفحالًا إذا كانـت مواقفـه مؤسَّسـة عـلى نقـد سـياسي متهافـت أو محسـوب عـلى مرجعيـة أيديولوجية.

ننهــي الدراســة بنمــوذج تطبيقــي مــن بـاب توضيـح التبعـات النظريـة والميدانيـة السـلبية لهـذه التحـولات في المواقـف السياسـية، عـن النمـاذج التـي اشتغلنا عليهـا، لأن الأمـر يتجـاوز أفـق حريـة التعبـير وحريـة الـرأي، بـل يمتـد إلى تداعيـات وتبعـات عـلى أرض الواقـع، مـن شـأنها الإسـهام في تغذيـة الاحتقـان الميـداني، عـلى غـرار مـا لاحظنـاه مـع الآراء السياسـية المغلفـة بالديـن والصـادرة عـن يوسـف القرضاوي.

وميـزة هـذا النمـوذج التطبيقـي أنـه يذكرنـا بخلاصـة مفصليـة تتعلـق بالتعامـل النقـدي مـع الأعمـال البحثيـة للمفكريـن المذكوريـن سـابقًا، وغيرهـم مـن المشـتغلين في مجـالات الفكـر والديـن، وتفيـد الخلاصـة أنـه لم يعـد ممكنًـا قـط الحديـث عـن الأعمـال التـي تناولناهـا، بالخطـاب نفسـه الـذي كان قائمًـا قبـل أحـداث يناير 2011، بمعنـى أن أي خـوض في مضاميـن أولئـك المفكريـن ومواقفهـم بعـد هـذا التاريـخ، أصبـح يتطلـب - بالـضرورة - الأخـذ بعـين الاعتبـار تبعـات تلـك المواقـف السياسـية. وقـد سـبقت الإشـارة إلى أنـه بعـد أحـداث يناير 2011 لم يعـد ممكنًـا قـط الاسـتمرار في وصـف يوسـف القرضاوي بأنـه أحـد رمـوز «الوسطية». ونتوقـف في هـذا النمـوذج عند حالـة طـه عبد الرحمن، مـن فرط التبعات السـلبية والخطـيرة التـي تضمنتهـا مواقفـه السياسـية في «ثغـور المرابطـة»، نذكـر منهـا مثالًا واحـدًا من باب الاستئناس والتنبيه.

في غضـون سـنة 2017، ألـف طـه عبـد الرحمـن كتابًـا بعنـوان «سـؤال العنف: الائتمانيـة والحواريـة»[45]، تضمـن مقدمـة ثـم فصـلًا مخصصًـا لنقـد «التطـرف العنيـف»، تحـت عنـوان: «واقـع العنف: كيـف نفهمه؟ وكيـف نرفعه؟»، (مـن ص 29 إلى ص 164)، ويليـه فصـل آخـر يتمثـل في وقفـة نقديـة في أعمـال الفيلسـوف الفرنسي إيمانويل ليفيناس (من ص 165 إلى ص 210).

---

45. طـه عبـد الرحمـن، سـؤال العنف بـين الائتمانيـة والحواريـة (بـيروت: المؤسسـة العربيـة للفكـر والإبـداع، 2017)، وقد جاء العمل في 215 صفحة من الحجم المتوسط.

استبشرنا خيرًا حينها في سياق التفاعل مع معضلة التطرف العنيف التي استفحلت خلال العقد الأخير[46]، وأخذًا بعين الاعتبار أن مواجهتها مركبة وموزعة على جبهات عدة، أمنية وسياسية واجتماعية ودينية وفكرية، وهذا ما أشار إليه مسؤول أمني بارز في الساحة المغربية، هو عبد الحق الخيام، مدير المكتب المركزي للأبحاث القضائية المغربي، أي المؤسسة الأمنية المكلفة بالتصدي الميداني لظاهرة التطرف العنيف في الشق الأمني، إذ اعتبر في مداخلة له على هامش ندوة «الجهوية والسياسات الأمنية»، أن المفكرين ما يزالون «غائبين عن عمل المجتمع المدني»، قائلًا بالحرف: «نحن نعالج الظاهرة من الناحية الأمنية، لكنها ظاهرة تنبني على أيديولوجية، والأيديولوجية يجب مواجهتها من طرف المفكرين، الذين يجب أن يعودوا إلى الرسالة المنوطة بهم، وهي محاربة جميع الأفكار المتطرفة التي تزرع الكراهية في نفوس شبابنا»، مطالبًا المفكرين بـ «المساهمة في محاربة جميع أنواع الجرائم، وبالدرجة الأولى تلك المتعلقة بالإرهاب والتطرف الديني»[47].

وجاءت مضامين «سؤال العنف» في سياق التصدي النظري للإسلاموية المتطرفة، كما نقرأ في الإشارات الآتية: أسباب لجوء المسلم إلى العنف، تكمن في «حُب التسلط الذي استبد بالإنسان» (ص 11)؛ لقد «وقعت الصحوة الإسلامية في أخطاء مستعجلةً الوصول إلى السلطة، وها نحن نرى اليوم أن هذه الصحوة شابها من الأخطاء ما أخرج بعض أهلها إلى القسوة وممارسة العنف» (ص 32)؛ الإسلاموي «الذي يُفجر نفسه في المساجد، لا يسقط في انتهاك حرمة المساجد

46. من بين القراءات التي صدرت في معرض التعريف بهذا الكتاب، مقالة لباحث ينتمي إلى الطريقة الصوفية التي كان ينتمي إليها مؤلف الكتاب. انظر: بدر الحمري، في المغالطات المنطقية للعقل القابلي من خلال «سؤال العنف» عند طه عبد الرحمن، مجلة «أفكار»، الرباط، العدد 16، مايو2017.

47. يمكن مشاهدة المحاضرة الكاملة لعبد الحق الخيام رئيس المكتب المركزي للأبحاث القضائية في ندوة «الجهوية والسياسات الأمنية»، والمؤرخة في 10 مارس 2017: -https://www.youtube.com/watch?v=nc

lGw8541l

وحسب، ولا في مجرد إثبات الذات بهذا الانتهاك، بل فيه تَحَدٍّ لذات الإله» (ص 130)، وهذه البيوت «ليست في ذاتها أمكنة فاسقة ولا كافرة وإنما أمكنة مؤمنة وذاكرة، إذ ظلت جنباتها تمتلئ تلاوة لكتاب الله وتدارسًا لأحاديث نبيه وصلوات آناء الليل وأطراف النهار، فكان ينبغي أن تصان ولا تداس» (ص 131)، ضمن إشارات أخرى وردت في الكتاب المذكور.

سنة واحدة بعد صدور «سؤال العنف»، سوف يصدر للمؤلف نفسه كتاب «ثغور المرابطة» الذي يتضمن أحكامًا سياسية لا تختلف عن أحكام الإسلاموية التي انتقدها في «سؤال العنف»، كأنه ينسخ خطابه أو يتقلب في مواقفه من النقيض إلى النقيض.

ولكشف خطورة هذا التحول، نعرج على واقعة جرت في فرنسا، لا علاقة لها بالمرجعية الإسلامية في أصلها، وبالرغم من ذلك، كانت لها تبعات على مواقف الحالة الجهادية.

يتعلق الأمر بتصريحات صدرت عن المفكر الفرنسي ميشيل أونفريه Michel Onfray في سياق نقده السياسات العمومية الفرنسية وتعاملها مع بعض قضايا المنطقة العربية، أقلها التدخل الفرنسي في شمال مالي وقضايا أخرى، وهي الانتقادات التي وظفتها الدعاية الإسلاموية لتنظيم «داعش» ونشرتها في منصاتها الرقمية، مما تسبب في إثارة نقاش فرنسي حول تبعات تصريحات المفكر المعني[48]، وقد ردّ عليها لاحقًا.

والحال أن المفكر الذي استشهدت به الآلة الدعائية للإسلاموية الجهادية، ملحد المرجعية، ومن ثمّ فإن لديه موقفًا مبدئيًا نقديًا ضد الدين، حتى إن

---

48. يتضمن هذا الرابط أهم الأشرطة الصوتية المرتبطة بهذه القضية. انظر:

Lucas Burel, Onfray coqueluche de Daech ? La polémique en trois actes, in: https://bit.ly/3XHkIXE

كتابـه حــول الإســلام، الـذي صـدر في ســنة 2016 بعنـوان «التفكـير في الإسـلام»[49] تضمــن آراءً اختزاليــة ضـد القيــم الإسـلامية، وهــذا أمـر منتظـر منـه بالنظـر إلى مرجعيتـه الإلحاديـة. وبالرغـم مـن ذلـك، لم يـتردد تنظيـم «داعـش» في توظيــف مواقـف سياسـية لمفكر فرنسـي ملحـد مـن أجـل تبريـر وشرعنـة مـا يصـدر عـن التنظيم من اعتداءات في المنطقة العربية.

وإذا قامـت الإسـلاموية الجهاديـة بهـذا التفاعـل مـع مفكـر ملحـد، فمـن بـاب أولى أن تفعـل ذلـك مـع مفكـر مسـلم، لا علاقـة لـه بالإسـلاموية، يدعـو إلى الأخـلاق، ويحظـى باحـترام صانعـي القـرار، حتـى أنـه ألقـى محـاضرات أمـام الملك المغـربي محمـد السـادس والرئيـس التونـسي المنصـف المرزوقـي، وسـبق لـه أن فـاز بعـدة جوائـز تكريمـية، داخـل وخـارج المغـرب، والمقصـود هنا طـه عبد الرحمـن، ومواقفه السياسية الاختزالية التي جاءت في «ثغور المرابطة».

49. Michel Onfray, Penser l'islam (Paris: Grasset, 2016), 180 pages.

خاتمة

حاصـل الـكلام في هـذه الدراسـة أن أحـداث عـام 2011 كانـت محطـة مفصليـة لإعـادة النظـر في خطـاب العديـد مـن الرمـوز الفكريـة والدينيـة، أخـذًا بعـين الاعتبـار الانقـلاب في مواقفهـا مـن قـراءة بعـض القضايـا، أو انخراطهـا في ترويـج خطـاب الازدواجيـة، أو قلاقـل أخـرى. وقـد توقفنـا عنـد ثلاثـة نمـاذج وازنـة في المجالـين الدينـي والفكـري، عـلى الأقـل طيلـة العقـود الماضيـة، قبـل انخـراط النقـاد والمتتبعـين في عمليـة مراجعـة مواقـف الأسـماء نفسـها، ويتعلـق الأمـر بـكل مـن يوسف القرضاوي، وأبـو يعـرب المرزوقـي، وطه عبد الرحمن.

وقـد اتضـح مـن الدراسـة أن خطـاب هـذه الأسـماء - مبـاشرة بعـد انـدلاع تلـك الأحـداث أو لاحقًـا - كان مغايـرًا مقارنـة مـع الصـورة التـي كانـت لصيقـة بهـا، فالأول كان يوصـف أو يُلقـب بأنـه أحـد رمـوز «الوسـطية الإسـلامية»، لكنـه أصبـح داعيـة محرضًـا عـلى إسـقاط أنظمـة. والثـاني الـذي اشتُهر بالاشـتغال في قضايـا تراثيـة وفلسـفية وغيرهـا، أصبـح يدافـع عـن تـورط جماعـات إسـلاموية جهاديـة شـدت الرحـال إلى المـشرق مـن أجـل الانخـراط في صراعـات إقليميـة لا علاقـة لهـا بهـا. والثالـث القـادم أساسًـا مـن مجـال العمـل الصوفـي، وأحـد نقـاد الإسـلاموية السياسـية والجهاديـة في مرحلـة سـابقة، ينـشر كتابًـا يتضمـن أحكامًـا سياسـية لا تختلـف عـلى الإطـلاق مـع مواقـف الإسـلاموية نفسـها. وواضـحٌ أن القاسـم المشـترك بـين هـذه التحـولات، ضمـن قواسـم أخـرى، أنهـا تسـهم في تسـييس الخطـاب الفكـري والدينـي بمـا يخـدم مـشروع الإسـلاموية، سـواء كانـت سياسـية كمـا هـو الحـال مـع المـشروع الإخواني، أو جهادية كما هو الحال مع الحركات والجماعات الجهادية.

قائمة المراجع:

أولًا: الكتب

- أبـو يعـرب المرزوقـى، إصـلاح العقـل في الفلسـفة العربيـة: مـن واقعيـة أرسـطو وأفلاطـون إلى اسـمية ابـن تيميـة وابـن خلـدون (بيـروت: مركـز دراسات الوحدة العربية، 2013).

- أحمـد الفـراك، (تنسـيق)، المفاهيـم الأخلاقيـة في الفكـر الفلسـفي المعاصـر مـن خـلال أعـمال الفيلسـوف طـه عبـد الرحمـن (بيروت: دار ركائز النشر والتوزيع، 2022).

- امحمـد جـبرون، أزمـة العلاقـة بـين الإسـلاميين والعلمانيـين بالعـالم العربي: رؤى في نقد الانشقاق (الرباط: دار «طوب بريس»، 2015).

- أحمـد فـال السـباعي، أزمـة الأصالـة في الخطـاب التـداولي العـربي: طـه عبد الرحمن نموذجًا (الدار البيضاء: دار أفريقيا الشرق، 2022).

- حمـو النقـاري، ابـن تيميـة «المنطقـي» أو منطـق «الـرد عـلى المنطقيين» (بيروت: المؤسسة العربية للفكر والإبداع، 2021).

- حمـو النقـاري، فلسـفة ابـن تيميـة المنطقيـة (بيروت: المؤسسـة العربيـة للفكر والإبداع، 2021).

- رضـوان السـيد، الـصراع عـلى الإسـلام. الأصوليـة والإصـلاح والسياسـات الدولية، ط3 (بيروت: دار جداول للنشر والترجمة والتوزيع، 2017).

- زليخـة أبـو ريشـة، «أبـو يعـرب المرزوقـي وخديعتـه الفلسـفية»، صحيفة الغد، عمّان، 28 أغسطس 2017.

- طـه عبـد الرحمـن، العمـل الدينـي وتجديـد العقـل (بـيروت - الـدار البيضاء: المركز الثقافي العربي، 1989).

- طـه عبـد الرحمـن، بـؤس الدهرانيـة، في النقـد الائتماني لفصل الأخلاق عن الدين (بيروت - الدار البيضاء: المركز الثقافي العربي، 2014).

- طـه عبـد الرحمـن، ثغـور المرابطـة. مقاربـة ائتمانيـة لصراعـات الأمـة الحاليـة (الربـاط: مركـز مغـارب للدراسـات في الاجتـماع الإنسـاني، 2018).

- طـه عبـد الرحمـن، روح الديـن، مـن ضيـق العَلمانيـة إلى سـعة الائتمانية (بيروت - الدار البيضاء: المركز الثقافي العربي، 2012).

- طـه عبـد الرحمـن، سـؤال العنـف بـين الائتمانيـة والحواريـة (بـيروت: المؤسسة العربية للفكر والإبداع، 2017).

- عبـد الإلـه بلقزيـز، حزب اللـه: مـن التحريـر إلى الـردع (2006 1982-) (بيروت: مركز دراسات الوحدة العربية، 2006).

- كـرم محمـد زهـدي وآخـرون، اسـتراتيجية وتفجيرات القاعـدة: الأخطـاء والأخطار (الرياض: دار العبيكان للنشر، 2005).

- مريـم أوراغ وحمـزة حموشـان (تحريـر)، الانتفاضـات العربيـة: عقـد مـن النضـالات (وزارة الخارجيـة الهولنديـة: مؤسسـة لوكسـمبورغ ستيفتانغ، 2022).

- معتـز الخطيـب، القرضـاوي: فقيـه الصحـوة الإسلامية، سـيرة فكريـة تحليلية (بيروت: مركز الحضارة لتنمية الفكر الإسلامي، 2009).

- وائـل حـلاق، إصـلاح الحداثـة، الأخـلاق والإنسـان الجديـد في فلسـفة طـه عبـد الرحمـن، ترجمـة: عمـرو عثـمان (بـيروت: الشـبكة العربيـة للأبحاث والنشر، 2020).

- يوسـف القرضـاوي، الصحـوة الإسلامية بـين الجمـود والتطـرف (الدوحة: رئاسة المحاكم الشرعية والشؤون الدينية، قطر، 1402هـ).

- (Michel Onfray, Penser l'islam (Paris: Grasset, 2016.

ثانيا: الدراسات العلمية

- إدريـس جنـداري، رحلـة في ثغـور المرابطـة: قـراءة في كتـاب «ثغـور المرابطـة» لطـه عبـد الرحمـن. التقيـة الفلسـفية لإخفاء النـزوع الأيديولوجـي، موقع أواصر للثقافـة والفكـر والحـوار، 6 أبريـل 2022، 33، على الرابط: https://bit.ly/3OAzf

- بـدر الحمـري، في المغالطـات المنطقيـة للعقـل القابيـلي مـن خـلال «سـؤال العنـف» عنـد طـه عبـد الرحمـن، مجلـة أفـكار، الربـاط، العـدد 16، مايو 2017.

- بـلال التليـدي، «ثغـور المرابطـة».. أحـوال الأمـة مـن زاويـة نظـر فيلسـوف» (1-1-2)، 8 ديسـمبر 2018، والجـزء الثـاني في 10 ديسـمبر 2018. موقع عربي 21، على الرابط: https://bit.ly/3KYSEZz

- خالـد زهـري، طـه عبـد الرحمـن بـين الانتصار للـذات والتجنـي عـلى الغـير: كتـاب «ثغـور المرابطـة» نموذجًـا، موقع ديـن بريـس، 5 أكتوبـر 2021، على الرابط: https://dinpresse.net/?p=15678

- عبـد النبـي الحـري، طـه عبـد الرحمـن بـين التأمـل الفلسـفي والتكهـن السـياسي، موقـع اليـوم 24، 10 ديسـمبر 2018، عـلى الرابـط: //:https www.alyaoum24.com/1183836.html

- عـز الديـن حـدو، الـصراع الإسـلامي الإسرائيـلي ومركزيـة المرابطـة المقدسـية مـن زاويـة فلسـفية: إطلالـة في كتـاب ثغـور المرابطـة، موقـع منار الإسلام، 12 فبراير 2020، على الرابط: https://bit.ly/3RIBeCQ

- منتـصر حـمادة، قـراءة في ظاهـرة «الإخـوان السـابقين»، موقـع مركـز ترينـدز للبحـوث والاستشـارات، 2 يونيـو 2021، عـلى الرابـط: //:https bit.ly/3Rm5QKw

ثالثا: المقالات

- أبـو يعـرب المرزوقـي يفتح النـار عـلى حركة النهضـة ويستقيل: الحكـم زمـن الترويـكا تحـوّل إلى توزيـع مغانـم عـلى الأقـارب والأصحـاب»، موقـع «الـشروق»، 7 مـارس 2013، عـلى الرابـط: .https://bit ly/3AWtVAx

- أبـو يعـرب المرزوقـي: أخجـل ممـن يعتبر جهـاد الشباب التونسي في سـوريا جرمًـا، ضمـن تقريـر: «متفرّقـات أخطـر التصريحـات التـي حرّضت التونسـيين عـلى الالتحـاق بالجماعـات الإرهابيـة في سوريا»، موقـع «الجمهوريـة»، 9 سـبتمبر 2015، عـلى الرابـط: .https://bit ly/3wWcwqA

- أبـو يعـرب المرزوقـي، كلمـة أخـيرة إلى قيـادات النهضـة، مدونـة أبـو يعرب المرزوقي، على الرابط: https://bit.ly/3TORML

- استقالة أبو يعرب المرزوقي من كتلة حركة النهضة وانضمام وردة التركي للكتلة، موقع «باب. نت»، 6 مارس 2013، على الرابط:
https://www.babnet.net/rttdetail-61417.asp

- القرضاوي يُحيِّي ويثمّن دور قطر في ليبيا، موقع «القرضاوي. نت»، 25 مايو 2012، على الرابط: /https://www.al-qaradawi.net
node/1152

- القرضاوي يدعو الليبيين للتسامح، موقع «القرضاوي. نت»، 9 ديسمبر 2011، على الرابط: /https://www.al-qaradawi.net
node/1283

- القرضاوي يفتي بقتل القذافي «الملعون»، موقع «القرضاوي. نت»، 22 فبراير 2011، على الرابط: https://www.al

- القرضاوي: القذافي انتهى، موقع «القرضاوي. نت»، 21 فبراير 2011، على الرابط: https://www.al-qaradawi.net/node/1400

- القرضاوي: سقوط القذافي يوم من أيام الله، موقع «القرضاوي. نت»، 21 أكتوبر 2011، على الرابط: https://www.al-qaradawi.
net/node/1331

- حياة بن هلال، حوار مع أبو يعرب المرزوقي، موقع «الجزيرة. نت»، 4 يونيو 2020، على الرابط: https://bit.ly/3AR6eK6

- رابط المدونة الرسمية لأبي يعرب المرزوقي، على الرابط: .www
abouyaarebmarzouki.wordpress.com

- سـفيان الشـورابي، مـاذا لـو عـاد المقاتلـون التونسـيون في سـوريا إلى بلدهـم؟ موقـع «الخـبر»، 28 فبرايـر 2014، عـلى الرابـط: https://a-akhbar.com/Opinion/27711

- فتـوى القرضـاوي التـي قتلـت الشـيخ محمـد سـعيد رمضـان البوطـي، موقـع «يوتيـوب»، 24 مـارس 2013، عـلى الرابـط: https://www.youtube.com/watch?v=Wxy7IM9MV4g&t=6s

- محـاضرة عبد الحـق الخيام رئيس المكتـب المركـزي للأبحـاث القضائيـة في نـدوة «الجهويـة والسياسـات الأمنيـة»، في 10 مـارس 2017، عـلى الرابط: https://www.youtube.com/watch?v=nc-lGw8541I

- محمـد المحمـود، الأصوليـة القطبيـة في ثوبهـا الجديد، موقـع «الحـرة، 7 ديسمبر 2020، على الرابط: https://arbne.ws/3evd68v

- منتصر حمـادة، طه عبد الرحمـن: بـين «فلسـفة الديـن» و«الفلسـفة السياسـية»، موقـع «هسـبريس»، 14 يونيـو 2016، على الرابـط: //https .bit.ly/3cS6S25

- نبيـل البكـيري، وقوفًـا مـع أبـو يعـرب المرزوقـي، موقـع «العـربي الجديد»، 25 يونيو 2022، على الرابط: https://bit.ly/3KNE1Iw

- هشـام الطرشي، طه عبد الرحمـن.. فيلسـوف الأخـلاق الـذي خانـه المنطـق في أرذل العمـر، موقـع «الصحيفـة»، 12 سـبتمبر 2019، عـلى الرابط: https://bit.ly/3RKY8JY

- Lucas Burel, Onfray coqueluche de Daech ? La polémique en trois actes, in: https://bit.ly/3XHkIXE

نبذة عن المؤلف

منتصـر حـمادة، كاتـب وباحـث مغربي، تخصّـص في الإسلاميات ودراسات الإسلام السياسي، وهو مديـر مركـز المغـرب الأقصى للدراسـات والأبحـاث، ومقرره العاصمـة المغربيـة الرباط، ومنسـق تقريـر الحالـة الدينيـة في المغرب الـذي يصدُر عـن المركـز نفسـه. كـما شغل منصب رئيـس تحريـر مجلـة «أفكار» وهـي دوريـة شهرية مغربية تُعنى بقضايا الفكر والدين.

شـارك في مؤتـمرات عـدة، محليـاً ودوليـاً (فرنسـا، ليبيـا، إيطاليـا، الأردن). وقد نسّـق مجموعـة مـن الأعمـال البحثيـة؛ مـن قبيـل: «مرجعيـات العقل الإرهـابي: المصـادر والأفـكار» [2014]؛ و«الإسلاميون ومنافاة الدولـة» [2020]، أو «الإسلام السـياسي والتطـرف في المغرب بـين 2011 و2021» [2022]، عـن مركـز المسـبار للدراسات والبحوث، ضمن أعمال أخرى.

لـه مجموعـة إصدارات بحثيـة؛ مـن قبيـل: «قـراءة في ظاهـرة الإخـوان السابقين» [2021]؛ و«أخونـة التصـوف الإسـلامي في المنطقـة العربيـة» [2022] عن مركز تريندز للبحوث والاستشارات. أمـا في بـاب الكتـب فقـد صدر لـه: «المسـلمون وسـؤال تنظيـم القاعـدة» [2007]؛ و«نحـن والتصـوف» [2009]؛ و«في نقد تنظيـم القاعـدة: مسـاهمة في دحـض أطروحـات الحـركات الإسـلامية الجهاديـة» [2010]؛ و«في نقـد العقـل السـلفي: السـلفية الوهابيـة في المغـرب نموذجـاً» [2014]؛ و«الخطاب الوعظي المعاصر: مساهمة في نقد ظاهرة الدعاة الجدد» [2019].

وكانـت أحـدث إصداراتـه «المسـلمون والإسـلاموية في فرنسـا.. التحـولات والتحديات»، وقد صدرت عن مركز تريندز للبحوث والاستشارات [2022].